見上げるには近すぎる、離れてくれない高瀬さん

神田暁一郎
Kanda Gyouichiro

イラスト
たけの このよう。
takenokonoyou

MIAGERUNIHA
CHIKASUGIRU,
HANARETE KURENAI
TAKASESAN

・・・
「高瀬さんって、ほんと背が高いよね」
下野水希《しものみずき》
中学2年、身長は152センチ。
低身長を理由に好きだった女子から振られ、身長にコンプレックスを抱いている。
戸川廉《とがわれん》
クラスの一軍男子。
女子からの人気が高い。
サッカー部に所属。

「たまちゃん！なんで言うのぉ～……」
「172だっけ」
藤本環《ふじもとたまき》
クラスメイト。
高瀬の親友。
同じく吹奏楽部に所属。
高瀬菜央《たかせなお》
中学2年、身長は172センチ。
恵まれた美貌とスタイルの持ち主で
クラスの人気者。
所属する吹奏楽部ではチューバ担当。

「下野と同じ百回目指すから！　見ててね！」
――そう宣言した通り、
まだシャトルランを続けているのは高瀬だけだ。
女子で百回を超えられる強者は運動部でも少ない。
吹き出る汗もそのままに、高瀬は懸命に走り続ける。
高瀬

「下野！　おはよう」
――まだ待ち合わせ場所には誰も来ていないと思ったのだが。
車を降りるや、駆け足で近寄ってきて、
弾んだ声で挨拶してきた。

「取りたかったの、これ?」

CONTENTS

MIAGERUNIHA CHIKASUGIRU,
HANARETE KURENAI
TAKASESAN

見上げるには近すぎる、離れてくれない高瀬さん

神田暁一郎

GA文庫

カバー・口絵　本文イラスト
たけの　このよう。

プロローグ

思い出したくもない記憶。

時間を巻き戻せるものなら、やり直したい出来事。

俗に黒歴史なんて言われる、取り返しのつかない失敗の経験は、きっと誰《だれ》にでもあるはずだ。

彼の場合も、それは例外ではない。


「——おれたち、付き合わない？」


中学一年の夏休み。

ずっと気になっていた同級生の女子を誘って、意気揚々と出かけた地元の夏祭り。

花火に照らされた夜空の下でふたりきりという、これ以上ないくらいに絶好のシチュエーションで。

下野水希《しものみずき》は、人生で初めての告白を行った。

そして、

「ごめん」

ものの見事に、撃沈した。

なまじ勝算があっただけに、水希の感じた失望は大きかったが——思春期の衝動に突き動かされた結果だ、これはしかたない。

むしろ、中学一年生にして自分の気持ちをはっきり伝えられたその積極性は、美点として褒められるべきだろう。

しかし。

ここで潔く引き下がれなかったところが、水希がおかした最大の失態であり、人生初の告白を黒歴史たらしめた一番の原因だった。

「……どうして？」

迂闊《うかつ》、と言うより他はない。

未練がましく説明を求める水希に浴びせられたのは、シンプルで、だからこそ容赦ない一言。

「自分より背の低い男子は、ちょっと……」

言葉を濁されたところで、受けたショックが軽くなるわけもない。

おまけにこの後、事の一部始終を学校で言いふらされて、友人たちからも散々失恋をネタにされてしまうのだから、水希が受けた精神的ダメージは相当なものだった。

それこそ、いつもクラスの中心で目立っていた陽気な少年が、人間不信をこじらせた卑屈な陰キャに変わってしまうぐらいには。

「女なんて信用できない！」

自分より身長の高い相手なら、特に。

ひどい偏見だったが、なにごとも極端に考えてしまうのは、この時期の少年にとって至極あたりまえのことでもある。

思春期の繊細さと意固地さは、コインの裏表。

矛盾しているようで、そのじつ表裏一体の問題を抱えながら、少年少女は大人への階段をのぼっていく。

その過程でのつまずきを、きっと世間では、青春と呼んだりするのだろう。

第1話　一緒だよ

一般的に、男子中学生は入学から卒業までの三年間で、十八センチほど背が伸びるものらしい。

それゆえ、入学時に制服を仕立てる際は、ふたつほど上のサイズを選ぶのが良いとされている——のだが。

自分の場合はまったくいらない心配だったなと、余りぎみな制服の袖口《そでぐち》を確かめながら、水希《みずき》はしみじみ思うのだ。

季節は春。

始業式が催される予定の今日は、水希にとって、中学生活二年目の幕開けとなる日だ。

それはつまり、中学生になって丸々一年間が経過した、ということでもある。

しかしどうだ。

いまだ手の甲は袖《そで》で隠れ、肩周りはダボつき、スラックスは裾《すそ》を折り曲げないと地面に擦《す》れてしまう有り様。

まさに服に着られているような状態で、これでは新入生に間違われても文句は言えない。

身体的には、なにひとつ成長が見られない。変わったところがあるとすれば、それは内面のほうだ。

一年前は、どんな中学生活が待っているんだろうと、心を躍らせながらこの校門をくぐったというのに。

いまとなってはなんの感慨も湧《わ》いてこず、むしろ憂鬱《ゆううつ》な気分が胸を満たしている。

それというのも、全《すべ》てはあの一件が原因だった。


『自分より背の低い男子は無理』


ただそれだけの理由で告白を断られた、あの一件。

振られるだけなら、まだ良かった。

身長のことも、ショックはショックだが、耐えられたはずだ。

だが、そのことを周りに言いふらされ、悪ノリで散々イジられてしまったことが、水希の性格を百八十度変えてしまった。

水希は元々、なにごとにも積極的に取り組む、活発さを絵に描いたような少年だった。

しかしそれは、もはや遠い過去の姿。

いまでは教室のすみっこで孤立し、休み時間を寝た振りして過ごすのがすっかり様になっている、立派なぼっちだ。

自業自得、という面もある。

そこまで深刻にならず、それこそ悪ノリに合わせて自虐ネタにでもしていれば、こんな結果にはならなかったはずだ。

だが、それまで挫折という挫折を経験してこなかった水希にとって、好きだった相手に裏切られ、仲の良かった友人たちにも茶化されてしまったことは、とても笑って済ませられるようなことではなかった。

「いつまで引きずってるんだよ」

「ネタだろ、マジになるなって」

友人たちはそう言って、ひとり、またひとりと、水希のもとから離れていった。

いたしかたない。学校という閉鎖されたコミュニティでは、異分子は排斥されてしまうのがこの世の常なのだから。

空気の読めない頑固者——そんなレッテルを貼られ、水希はいまやすっかり変わり者扱いだ。

だが本人に言わせれば、自分などまだまだわかりやすいほう。

ほんとうの変わり者は、もっと理解に苦しむ存在のはずだ。

そう、例えば。

空気の読めない頑固者の自分に、やたらとかまってくる人物。

それも、こちらが心を閉ざせば閉ざすほど、なぜか接近してくる物好きな人間なんて、その最たるものだろう。


「下野《しもの》」


校門をくぐったところで、呼びかけと一緒に肩を叩《たた》かれる。

聞き覚えのある声に振り返った水希は、丁度視界に入った、長方形の名札に記された相手の名前をそのまま読み上げた。


「……高瀬《たかせ》」


思っていた通り、声をかけてきた相手は同級生の女子――高瀬だった。

「おはよう」

「……うす」

素っ気ない返事を返しても、高瀬は嫌な顔ひとつしない。

それどころか、元から微笑みを浮かべていた顔をさらにほころばせると、白い歯をむき出しにした満開の笑顔を向けてくる。

その無垢《むく》な輝きが眩しくて、水希は半ば逃げるように歩みを再開させた。

大股で先を急ぐが――しかし。

「今日から二年生だね」

高瀬は悠々とした足取りで、ぴったりと横についてくる。おまけに会話する気満々といった様子だ。

「……そうだな」

こういう〝残酷な〟シチュエーションは、なにもいまに始まったことじゃない。

冷静に現実を受け止めた水希は、無駄な抵抗をやめると、相づちを打って適当に会話を合わせていく。

「クラス替えの発表、もう見た？」

「いや」

「どこに貼《は》り出されてるんだろ？」

「さぁ」

「下野は春休み、なにしてた？」

「別になにも」

「なにもか〜。わたしはね——」

テンポが良いだけで中身のない会話を繰り返しながら、水希はしみじみ思う。

——こいつはほんとうに物好きな人間だな。

高瀬とは小学校からの同窓だが、顔と名前だけは知っている程度で、小学校時代はろくに交流してこなかった。

その関係に変化が出始めたのは、去年から。

水希が例の一件で孤立しだしたタイミングで、やたらと高瀬のほうから話しかけてくるようになったのだ。

初めこそ動機がわからなかったが、何度も接してきたいまならなんとなく察しがつく。

端的に言えば、高瀬は単純に『良いやつ』なのだ。

決して他人の悪口は言わず、困っている人がいれば放っておけない、そんな優しい性格の持ち主。

そこには八方美人的な媚びもなければ、偽善者的な押しつけがましさもない。

ほんとうに、純粋培養な善人。

だから自分にかまってくるのも、打算的な動機じゃなく、単純な善意から生まれた行動なんだろう。

学校内で孤立してしまった男子が気の毒で、気を遣って声をかけてくれているに違いない。

まったくご立派なことだが——正直なところ、水希にはありがた迷惑な話だった。

同情なんてもらっても惨めになるだけ。

できれば放っておいてほしい。

ひねくれた考えなのは、水希自身もわかっている。

だが、そう思わざるを得ない、やむにやまれぬ理由がそこにはあるのだ。

その理由を、水希は横目でちらりとうかがう。

公立中学校の制服としては洒落たデザインの、チェック柄のスカートとグレーのジャケット。

自分含め、大多数の生徒が大きめのサイズを野暮《やぼ》ったく着ているなかで、高瀬のそれは、ジャストサイズで垢抜けた印象を受ける。

制服の着こなしにも気を遣う、ファッション通な女子——というわけではない。

本人曰く、ちゃんと大きめのサイズで仕立てたものの、一年を待たずに体が成長してしまい、結果としてこうなってしまったとか。

つまり、高瀬は発育が良い。

俗な言いかたをすれば——デカいのだ。

その大きさは、女子にしたら、のレベルでは済まされない。

水希の身長は、同年代男子の平均をやや下回るほどだが、それでも会話するときに顔を見上げる必要がある女子は、この高瀬くらいなものだ。

少なくとも、百七十センチは超えているだろう。

身長差を理由に振られてしまった水希には、側に立たれるだけでコンプレックスを刺激されてしまう相手だ。

本人には悪いが、どれだけ親切心でやってくれていることだとしても、迷惑なことに変わりはない。

どうにか距離をおけないものか。

そうは思いつつも、本人に悪気がないだけに突っぱねるわけにもいかず、現在の状況にいたっていた。

「あ、見て。クラス替えのプリント、掲示されてるみたい」

そう言って高瀬が指差すのは、昇降口の前。

どうやら入り口のドアに張り出されているようだが、プリントの前は生徒たちでごった返しており、とてもじゃないが確かめにいけそうにない。

その場で背伸びしてみるも、視線が少し上がったところで、低身長の自分では焼け石に水。

——これだからチビは生きづらいんだ。

大げさかもしれないが、些細《ささい》なことでもいちいち気に病んでしまうのが、低身長に悩む男子の心理というもの。

為《な》す術《すべ》なくスペースが空くのを待っていると――不意に隣から、声が聞こえてきた。

「あ。わたし、B組みたい」

どうやら高身長の高瀬にとって、これしきの人垣は障害にもならないらしい。

背伸びすらせず、悠々と見通してみせるその姿に、水希は羨望と同時に、強い劣等感を感じてしまう。

「………」

高瀬のことが、嫌いなわけじゃない。

だがそれでも、自分が持っていないものを当然のように持っている相手がこうして近くにいることに、どうしようもなく居心地の悪さを感じてしまうのだ。

同性ならまだしも、女子相手ではなおさら。

「……見つけたんなら、先いけよ」

距離を取りたい一心で、水希は促す。

「待ってね」

しかし高瀬は従わず、その場から動こうとしない。

どうやら相変わらずのお節介ぶり――善人ぶりを発揮して、こちらの名前まで探してくれるようだ。

「………」

高瀬 菜央

宙を指でなぞりながら、真剣な表情でプリントに視線を走らせる横顔を、水希は知らず知らず見上げてしまう。

長いまつげに縁取られた瞳《ひとみ》は、目元の蒙古ヒダがないおかげか、ぱっちりとして大人びた印象。

ふっくらとした唇は少し厚めで、リップクリームでも塗っているのか、瑞々しく桜色に色づいている。

控えめに言って——整った容貌だ。

背丈のことでよく男子から噂されている高瀬だが、もしかしたらこれから先、また別の理由で噂の対象にされるかもしれない。

この横顔を見ていると、そんな予感が、単なる予感で終わらないように思えてしかたなかった。

「——あ!」

無意識のうちに見とれてしまっていた水希は、そこでやっと正気を取り戻す。

「下野もB組だよ!」

「え、あ、……そ、そうか」

「一緒だよ!　やったね!」

仲の良い友達と一緒になったわけでもないのに、やたらとうれしがってみせる高瀬。

ただでさえ目立つ外見の持ち主なのに、それが子供みたいにはしゃぐものだから、周りからの視線はどうしても集まってくる。

「っ……」

注目を嫌った水希は、逃げるように昇降口へ向かった。

さっさと上履きにはきかえて、高瀬を置いてきぼりにしたいところだったが、学年が上がると同時に下駄《げた》箱の位置も変わってしまったようで、うまい具合に足止めをくらってしまう。

そうこうしているうちに、先に上履きにはきかえた高瀬が、またしても近くに寄ってきた。

「あ、下野の下駄箱こっちみたいだよ」

「………」

「教室まで一緒にいこ～」

結局、ふたり並んで教室に向かう羽目になり、水希はこっそりため息をついた。

「なんか、全然うれしそうじゃないし」

階段を上りながら、高瀬が指摘してくる。

水希にしたら謂われのない言葉だ。冷たい声で返す。

「……喜ぶ理由がない」

「なんで。同じクラスになるの、小学校ぶりなのに」

「そうだっけ」

「そうだよ！　覚えてないの？」

「覚えてない」

仲の良い友達ならいざ知らず、ろくに交友もなかった女子との思い出なんて記憶に残っているわけがない。

しかし高瀬は記憶力が良いのか、具体的な学年まで覚えていたようだ。

「小三のとき一緒だったでしょ〜」

忘れるなんて心外だと、高瀬が眉《まゆ》を寄せた不満げな顔を近づけてくる。

迫力には欠けるものの、女子の顔が間近にあるというだけで、水希が動揺するには十分だ。

「そ、そんな昔のこと、いちいち覚えてないっつの……」

「え〜、ひどい」

「なんでだよ……」

「ふふ、うそうそ。また一年、よろしくね！」

「………」

かまいたがりの同級生は、なまじ悪意がないからこそ対応に困る。

同じクラスになったことで、これからますます接触する機会も増えていくのだろうが——

せめて人目ぐらいは避けてほしいものだと、水希は内心で愚痴らずにいられなかった。

第2話　身長、いくつ？

始業式から数日後。

本格的な授業の始まりを目前に控え、様々な行事が消化されるなか、本日は身体測定が予定されていた。

体育館に集められた生徒たちは、教師の指示のもと、それぞれに測定を行っていく。

「おまえ、身長いくつだった？」

「百六十二。そっちは？」

「百六十四。はい、おれの勝ち。チビおつかれい！」

「うるせー。二センチしか違わねえだろうが！」

互いの身長を比べ合い、ぎゃあぎゃあと騒ぎ立てる同級生の男子たち。

彼らにとって、身体測定など単なる行事のひとつに過ぎないのだろう。

しかし水希《みずき》にしてみれば、一年のうちでこれほど真剣になる行事は他にない。決然とした面持ちで、測定器の台に足を乗せる。

「はい、背筋のばしてー。アゴひいてー」

女性教諭の指示通り、水希は姿勢をぴんと正す。

そのまま緊張して待っていると、やがて頭頂部にバーが接触した。

「え〜っと――」

水希の身長は、去年の測定時で百四十九センチ。

ギリギリ百五十センチに届かなかったことに、それは涙を呑《の》んだものだ。

今年こそは是が非でも大台の百五十センチ――自分にとっては――に乗りたい。そのためにバランスの良い食生活を心がけ、夜更かしも極力控えてきたのだ。

どうか。どうか報われてくれ。

祈るような気持ちで待つ水希に、ついに運命のときがやってきた。

「――ジャスト百五十二センチだね」

「!」

あやうく「よし！」と叫びそうになる気持ちを抑え、水希は右手をぎゅっと握りしめるにとどめた。

記入係の生徒から健康記録カードを受け取り、念のため確かめると、そこには間違いなく百五十二という数字が。

「……ふ、ふ」

見事な目標達成に、思わず口元が緩んでしまう。

もちろん、喜んでばかりいられないのはわかっている。伸びたとはいえ、たったの三センチだし、調べたところによると、同年代の平均身長は百六十センチほどらしい。

だがそれでも、百五十の壁を越えられたことは、水希にとって大きな成果だった。誰《だれ》に自慢するでもなし、ひとりで悦に入るぐらいは許されるだろう。

そうしてひとり余韻に浸っていたところ——なにかの気配をふと背後に感じ、水希はとっさに振り返った。

そこにあったのは、頭ひとつ分高い位置からこちらの手元をのぞき込んでいる、クラスメイトの女子の顔。

「な、なんだよ……」

カードを隠しながら、水希はクラスメイトの女子——高瀬《たかせ》に警戒の眼差《まなざ》しを向けた。

しかし高瀬は、それを気にするでもなく、いたって友好的な態度で接してくる。

「なんかうれしそうだね」

「……別に」

水希は素っ気なく答えるも、高瀬には全《すべ》てお見通しのようだった。

「身長、伸びてた？」

「……まぁ」

「ほんと⁉　よかったね～！」

屈託《くったく》のない笑顔と一緒に、パチパチと拍手まで送られてしまう。

水希とて思春期の男子だ。いくら異性に対して苦手意識を持っているとはいえ、女子からこんな風に持ち上げられたら、うれしくないわけがない。

「……どうも」

照れ隠しに頬《ほお》をかく水希。

紅潮するその顔は、しかし高瀬が次に発した一言によって、途端に青ざめる結果になってしまう。

「いくつ？」

「え？」

「身長、なんセンチだった？」

「…………」

『身長いくつ？』

なんでもない、日常的に使われる、ごくありふれた質問だ。

高瀬
健康カード

しかし低身長に悩む人間にとって、これほど答えづらい質問は他にない。

女性に年齢を尋《たず》ねることがハラスメントになりえるのと同様に、チビに身長を尋ねることもまた、非常にデリケートな問題なのだ。

「……教えない」

「え〜。いいじゃん、教えてよ」

「いやだ」

水希はきっぱり断るが、高瀬はなおもしつこく尋ねてくる。

「どうして〜」

「個人情報だ」

「わたしも教えるから。くらべっこしよ！」

「絶対にやだ」

「なんで〜」

それこそこっちの台詞だと、水希は静かに言い返す。

「なんでそんなに知りたいんだよ……」

なにげなく呟いただけの一言だったが、効果は意外にも大だった。

「え……」

もじもじと、答えに窮した様子の高瀬。

視線を泳がせながら、答えになっているようでなっていない返事を寄越してくる。

「だって、気になるもん……」

「………ど」

どうして、と水希が言いかけた——そのときだった。

「菜央《なお》ー！　なにしてんのー！」

通りの良い声が、体育館中に響き渡る。

どうやら「菜央」とは高瀬の名前だったようで、うつむき加減だった顔がパッと上向いた。

「次、体重測るよ！　早くー！」

「う、うん〜！　いまいく〜！」

ホッとしたような、あるいはどこか残念そうな表情で、高瀬は向き直る。

「ごめん。友達に呼ばれてるから、いくね」

「あぁ……」

そして去り際、あくまで諦《あきら》め悪く言うのだ。

「あとでくらべっこだよ。約束ね」

——結論を言えば、その約束が守られることはなかった。

それというのも、あれだけしつこくしてきたというのに、身体測定が終わった後、高瀬はこの件についてぱったり口にしなくなったからだ。

本人の口から理由が語られることはなかったが——体重測定後、がっくり肩を落としていた姿を見るに、その胸のうちはなんとなく察せられた。

第3話　見ててね

身体測定ときたら、お次はそう、体力テストだ。

運動嫌いの生徒にとっては憂鬱《ゆううつ》なイベントだろうが、小学生時代はミニバスに打ち込み、運動神経にはいくらか自信がある水希《みずき》にとってはその限りではない。

握力、反復横跳び、ハンドボール投げ——順調に記録を測定していき、いまは最後の種目、シャトルランの真っ最中だった。

「がんばれ～！」

競争ではないとはいえ、複数人での勝ち残り方式で測定するシャトルランは、見世物として盛り上がるのに格好の種目だ。

春の日差しが降《ふ》り注《そそ》ぐ運動場に、女子たちの黄色い声援が響き渡る。

しかしそれは、残念ながら水希に向けられたものではなかった。

「戸川《とがわ》君～！　がんばれ～！」

女子からの声援を一身に集めるのは、さらさらとした髪を風になびかせる、いかにも爽《さわ》やかそうな男子——戸川だ。

高身長でイケメン、学業優秀で、なおかつサッカー部のレギュラーというのだから、この手のイベントで注目されないわけがない。

小学校時代は自分も似たような立場にいたはずなのに、いったいどこで道を間違えたのだろう。

そう思うと悔しさもあったが、いまさらやっかみを言ったところでどうにもならない。

水希は走ることに集中し、努めて雑念を振り払う。

そうこうしているうちに、残る走者は水希と戸川のふたりだけとなっていた。

クライマックスに盛り上がる女子たちが、よりいっそう騒ぎ立てる。

「負けるな〜！」

聞きたくなくても勝手に聞こえてくるそれらの声に、水希はどうしても眉《まゆ》をひそめてしまう。

戸川は戸川で、片手を振って爽やかに応《こた》えたりしていて——本来負けず嫌いな性格の水希が、この状況で大人しくしていられるわけもなかった。

——一泡吹かせてやる。

そう決意した水希は、徐々にテンポが早まっていくドレミファソラシドの電子音に遅れないよう、必死に地面を蹴《け》り上げていく。

しかし意気込みが裏目に出たか、むやみにペースを上げてしまい、限界はすぐにやってきてしまった。

「はぁ……はぁ……！」

乱れる呼吸に、肺がもう無理だと悲鳴を上げる。

一方の戸川は、息は上がっているものの、まだまだ余裕がありそうだ。

勝ち筋が見えない、負け確な状況。

それでも意地で走り続けるが――ついに制限時間内に白線を踏むことができなかった。

慌てて折り返すも、すでに余力は残されておらず、結局そのまま水希の脱落が決まった。

「くそ……！」

地面に座り込み、苦しさと悔しさに天を仰《あお》ぐ。

これで健闘をたたえてくれる一言でもあればよかったが、そんな言葉をかけてくれる友人はおらず、水希はひとり、負け犬気分を味わわされてしまう。

まったく惨めな有り様だったが――どうやらそんな水希にも、手を差し伸べてくれる奇特な人物がいたようだ。

「おしかったね」

そう言いながら、体操服姿の高瀬《たかせ》が、膝《ひざ》を抱えて隣にしゃがみ込んでくる。

息を整えてから、水希は強がるように言った。

「……別に、競争じゃないし」

「そっか。そうだよね」

同意しながらも、高瀬はあくまで水希を褒める気でいるようだ。

「でも、百回超えはすごいよ」

「……どうも」

「さすが、元バスケットマン！」

なんで知ってるんだ。

水希は疑問に思ったが、同じ学校に通っていれば知っていても不思議じゃないか、とひとり納得する。

高瀬は続けて言った。

「中学じゃ、バスケやらないの？」

「やらない」

「なんで？」

「………」

実を言うと、水希は中学に上がってすぐバスケ部に入部していたのだが、一年の夏が終わる頃には退部してしまっていた。

辞めた理由を簡単に説明するなら、それは『自信の喪失』の一言に尽きる。

ミニバス時代は持ち前の運動神経で活躍していた水希だったが、中学生になってフィジカルの差が顕著になってくると、いままでのようにはいかなくなってしまった。

自分よりテクニックもスピードも劣るのに、ただ身長が高いというだけで試合に使ってもらえて、実際に活躍してみせる選手たちの姿は、水希から自信を奪うのに十分だった。

そこに加えて、例の一件の後、部活内でも失恋をイジられるようになってしまったことも理由として大きい。

自分だって、好きでこんな体に生まれたわけじゃないのに。

なのに、スポーツでも、恋愛でも、チビというだけで割を食うなんて、そんなのあまりに理不尽じゃないか。

そうやって色々と苦にした結果、自然と体育館から足が遠のき、最終的には部活そのものを辞めてしまった、という経緯である。

まぁ結局のところ、嫌なことから逃げたというだけ、という話でもあるのだが。

「……別に。特に理由なんてない」

「運動神経良いのに。もったいないなぁ」

「そっちこそ。それだけタッパあるなら、バスケでもバレーでもやればいいじゃん」

才能は活かすべきという、水希にしてみれば当然の理屈にも、高瀬は首を横に振ってみせる。

「無理だよ」

「どうして」

「だってわたし、吹奏楽部だし」

「あぁ、そういやそうだっけ」

「それにわたし、体大きいだけで運動神経わるいもん」

水希と違い、自分の欠点を正直に答えてみせる高瀬。

あっけらかんとしたその様子に、水希の口調も自然と軽くなってしまう。

「宝の持ち腐れだな」

「バカにして〜!」

「うわっ!」

軽口への反撃に、高瀬が脇腹《わきばら》を小突いてきた。

限界まで走りきった後だ、少しの接触であっても体は敏感に反応してしまう。

それでなくても思春期の男子にとって、異性からのボディタッチは刺激的なのだから、水希が大声を出してしまうのもしかたなかった。

「や、やめろ!」

「まいったか!」

「まいった!」

「くらえ〜!」

「まいったって言ってるだろ!」

茶番の終わりは、やがて体育教師が張り上げた「次の組ー!」という一声でやってきた。

「あ、わたしの番みたい」

イタズラする手を止めて立ち上がると、高瀬は自慢げに言ってみせる。

「でもね、持久力だけには自信あるんだ。部活でよく走ってるから」

「……吹奏楽部なのに走るのか？」

「うん！　肺活量鍛えるために、走り込みしたりもするんだよ」

おかげでこんなに筋肉ついちゃった、と高瀬は、ショートパンツから伸びるふくらはぎを見せつけてくる。

確かにほど良く引き締まっているが——それよりも真っ白な肌のほうに目を奪われてしまい、水希としては気が気でない。

「は、早くいったほうがいいんじゃないか……」

目の毒な光景を遠ざけるべく、水希はそう言って促す。

「うん」

思惑通り、高瀬は身をひるがえした。

「百回目指すから！　見ててね！」

「……はぁ」

高瀬がいなくなり、ほっと胸を撫で下ろす水希。

しかし、ほんとうに目の毒な光景は、この後にこそ待ち構えていた。

第4話　言葉にできない

『3——2——1——スタート』

スピーカーから流れる電子音声の合図に、横一列に並んだ生徒たちが一斉に走りだす。

高瀬《たかせ》との約束を守る義理もなかったが、すでに全種目の測定を終えてしまった水希《みずき》は手持ち無沙汰で、ひまつぶしがてらその光景を見物することにした。

水希のいる位置は、コースサイドの中央あたり。他にも見物している生徒はちらほらいるので、特に目立つこともないだろう。

しかし、こうして横から見てみると、改めて高瀬の長身ぶりに驚かされる。

同じ集団内には男子も交じっているが、そのなかでも高瀬は飛び抜けて大きい。

いったい、なにを食べればあんなに大きくなれるのか。それとも、親から受け継いだ遺伝子のおかげなのか。

ちゃんと食べているし、親も特別低身長ではない水希には、まったく理不尽な存在だ。神様ちゃんと仕事しろよと、天の配剤に文句のひとつも言いたくなる。

そんなことを考えているうちに時間は過ぎて、回数は早くも五十回を突破した。

ちらほら脱落者が出始めるなかで、高瀬の姿はいまだ健在。自信があると言っていたのは、どうやら嘘《うそ》ではなかったらしい。

しかし着実にバテてきてはいるようで、息は少し乱れ、額には汗が浮かんでいる。

春らしい暖かな日差しも、こうなるとやっかいだ。

ついに耐えきれなくなったのか、高瀬は走りながら、豪快にジャージの上を脱ぎ捨てた。

その表情はいたって真剣で、本気で記録を狙《ねら》いにいっている心情がうかがえる。

真面目《まじめ》に取り組まない生徒も多いなかで、まったく大したものだが——水希にはとんだサプライズだった。

前述した通り、高瀬は長身だ。

それもただ身長が高いわけではなく、高瀬の場合、体全体の発育が良い。

高校生——いや、大人と比べてもまったく遜色ないほどに。

そんな彼女が、薄着になって走ったらどうなるのか。

そして、それを見た思春期の男子がどう感じるのか。

水希の心中をわざわざのぞくまでもなく、側で見物している男子ふたり組のやり取りを見れば、その全《すべ》てを説明してくれる。

「高瀬の胸、やばくね？」

「育ちすぎだろ」

下世話な話で盛り上がる男子両名。

高瀬も気づいているようで、恥ずかしそうに胸の揺れを腕で隠そうとする。

「逆にエロいわ」

「それな」

もしも水希がその輪のなかにいたら、同じように「それな」と言って、一緒になって騒いでいたかもしれない。

しかし現在、水希はひとりぼっち。

そしてなにより——

「…………」

——なにより……なんだ?

言語化できない感情に、水希はただただ、ふたり組の会話にイラついている自分を自覚する。

かといって食ってかかる度胸もなく、水希にできることといえば、せめて彼らと同族にならないよう、高瀬の姿を視界から外すことぐらいだった。

しかしそれが、結果的に我が身を救うことになる。

「こらー！　そこのふたり！　やらしい目で見るなー！」

高瀬の隣で走る小柄な女子が、声を張り上げて男子ふたりを注意する。

「やべ」

「にげろにげろ」

そそくさと逃げていく情けない姿に、水希は溜飲が下がる思いだ。

高瀬も安心した様子で、しっかり腕を振ってペースを取り戻していく。

そのまま順調に記録を伸ばしていき、回数はついに八十回を突破した。

「がんばれ～！」

「百回いけるよ！」

すでにコース上は、高瀬ひとりの姿を残すだけだ。

女子で百回を超えられる強者は運動部でも少ない。大記録達成の予感に、周囲はいやがうえにも盛り上がっていく。

「はぁ……っ……はぁ……っ」

吹き出る汗もそのままに、高瀬は懸命に走り続ける。

「──九十！」

「──九十五！」

そしてついに、その瞬間はやってきた。

「──百回！」

ワッと湧《わ》き上がる観衆。

しかし、そこが高瀬の限界だったようだ。

「もっ、無理ぃ……」

白線を踏むと同時、へなへなと倒れ込む高瀬。

すぐに友人たちが駆け寄っていき、その健闘をたたえる。

「おつかれ～！」

「すごいじゃん！」

「やばいやばい！」

地べたに女の子座りする高瀬に、賛辞の言葉が次々と送られる。

水希も、元とはいえ運動部所属だ。自分の実力を出し切った高瀬の姿には純粋なリスペクトの念を抱く。

やるじゃん、と心のなかで呟くと——テレパシーで通じたわけでもないだろうが、高瀬がパッとこちらを振り向いた。

「……へへ」

汗だくの自分に恥じらいつつも、喜びを隠しきれない。

そんな感情がありありとうかがえる、八分咲きの笑顔。

自分だけに向けられた、その笑顔を見て水希は、

「…………」

またしても、言葉にできない複雑な感情に悩まされるのであった。

第5話　一緒に帰ろう

『思わせぶり』
この言葉を辞書で引いてみると、
『自分がその人に好意を寄せていると、当人に期待させるような様子』
というような意味が載っている。
水希《みずき》がかつて想《おも》いを寄せていた相手は、まさにこの言葉を体現したような女子だった。
「下野《しもの》ってモテるでしょ？」
などと、脈絡なく聞いてくることもあれば、

「バスケ部のマネージャー、かわいいよね。仲良いの？」

などと、意味深に詮索してくることもあり。

終いには、

「からだ鍛えてるの？　触らせて！」


そう言って、べたべたとボディタッチまでしてくる始末。

おまけに顔がかわいいというのだから、思春期真っ只中の水希が意識しないわけもない。

いま思い返せば、相手のそういった態度は、男子にちやほやされるため誰《だれ》にでもやっているポーズに過ぎなかったのだが——当時の水希がそれに気づくことはなく。

結局、「こいつ、おれのこと好きなんじゃね？」と盛大に勘違いしてしまった結果、水希は若気の過ちをおかす羽目になってしまったわけだ。

女子の思わせぶりな態度を真に受けてはいけない。

失敗から得られたものがあるとすれば、そんな教訓だろう。

しかし、教訓を得られたからといって、それを活かせるかどうかは別問題。

まして水希は、現在中学二年生。いまだ思春期ど真ん中だ。

異性の一挙一動に対して、過剰に意識してしまうのは、これはしかたないことだった。

「下野君、字ぃきれいだね」


人気《ひとけ》のない放課後の教室。

日直の仕事で居残って、学級日誌の記入を進めていたところ、同じ当番の女子が手元をのぞき込んできてそう言った。

「……昔、書道教室通ってたから」

「そうなんだ。どうりで上手だと思った」

異性から興味を示されると、倍返しで興味を抱いてしまうのが、思春期男子の自意識というもの。

かといって顔を見合わせる度胸はないので、水希はついつい、学級日誌に記された相手の名前を何度も確かめてしまう。

藤本《ふじもと》環《たまき》。

名字は知っていたが、下の名前はついさっき知ったばかりだ。

クラスメイトだが、話したことはほとんどないので、どういう人物かはあまり知らない。

唯一知っていることといえば、高瀬《たかせ》と仲が良い、という点ぐらいか。

先日の体力テストで、高瀬をかばって下品な男子たちを叱り飛ばしていた姿は記憶に新しい。

「いいよね。男子で字がきれいだと」

「………」

いいよね、とは、どういう意味での、いいよね、なのだろう。

意味深に聞こえる言葉に触発されて、水希は普段よりもさらに丁寧に字を書き記していく。

やがて全《すべ》ての記入が終わったところで、藤本が日誌を手に立ち上がった。

「うん、バッチリ。それじゃ提出しにいこっか」

あとは教室の扉を施錠し、鍵《かぎ》と日誌を担任に返却すれば、日直の仕事は終了だ。

万事抜かりなく済ませ、ふたり揃《そろ》って職員室を出たところで、藤本は言った。

「ありがと、下野君」

「えぁ？」

突然のことに、水希は素っ頓狂な声を出してしまう。

礼を言われる覚えなどなかったが、どうやら藤本のほうには、それなりの理由があったようだ。

「日直、ちゃんとやってくれて」

「いや、当番だし……」

「そうだけど、サボる男子も多いから」

素直な褒め言葉が、水希の心のガードを緩める。

そこにワンツーパンチで、強烈な一撃が突き刺さった。

「次も下野君と一緒だといいな」

「………」

異性への苦手意識を持っているからといって、興味まで失ったわけじゃない。

そして、なんといっても多感な中学二年生。

こんな風に言われてしまえば、その瞬間に相手のことを猛烈に意識してしまっても、なんら不思議ではなかった。

「そ、それじゃ……」

恥ずかしさに耐えきれず、水希はそそくさと立ち去ろうとする。

しかしそこに、呼び止める声がかけられた。

「待って待って」

「な、なに……？」

「もう下校する？」

「そうだけど……」

「じゃ、せっかくだし一緒に帰ろうよ」

「は？」

予想外の一言に、水希は思わず険しい顔を作ってしまった。

「ひどくない？　そのリアクション」

「ご、ごめん……」

藤本は不満そうに唇をとがらすが、声色的に本気で怒っているわけではなさそうだ。

水希は言い訳するように言った。

「でも帰り道、一緒かどうかわからないし……」

「交差点に建ってるコンビニの方向でしょ？　何度か見かけたことある」

緊張の面持ちで頷《うなず》く水希。

それを確かめた藤本は、跳ねるように一歩前へ出た。

「じゃあ大丈夫。途中まで一緒だよ」

そうして笑顔を浮かべると、返答を待たずにすたすたと歩いていってしまう。

どうやら自分に拒否権はないらしい。水希は諦《あきら》めて藤本の背中を追った。

「…………」

大人しく付き従いながらも、水希はどうしても勘ぐってしまう。

字がきれいだと褒めてきたり、一緒に帰ろうと誘ってきたり、これらの藤本の言動には、果たしてどういう意図があるのだろう。

男子にちやほやされたくて、媚《こ》びを売っている？

それとも。

自分に、好意めいたものを、抱いてくれている？

自意識が空回りし、水希の頭のなかはしっちゃかめっちゃかだ。

だが昇降口に到着した瞬間、それらの想像が全て誤解だったことを思い知らされる。

「お待たせー！」

藤本の明るい声色は、ほんとうに気が許せる相手にだけ向けられるオープンなもの。

どうやら友人と待ち合わせていたらしく、自分を誘ったのはそのついでらしい。

安心したような、落胆したような、なんともいえない気持ちを覚える水希だったが――気を休めるにはまだ早い。

なぜなら、

「おつかれさま、早かったね――あれ？　下野も一緒？」

合流した友人の顔は、水希もよく知っている人物のものだったからだ。

長身の高瀬に、小柄な藤本。

まるで正反対な見た目のふたりだが、性格の相性はいいようだ。

下校路を共にしながら、水希は女子ふたりの会話に耳を傾ける。

「ついにマイ楽器買ってもらえることになったんだー」

「ほんと⁉　よかったね～、おめでとう！」

「ありがと！　親説得するのに苦労したよ」

「ふふ。どこのメーカーにするの？」

「まだ考え中。どうしよっかなー」

どうやら藤本は吹奏楽部に所属しているらしい。

高瀬も吹奏楽部と言っていたし、部活つながりで仲良くなったのかもしれない。

どうであれ、吹奏楽部の話を持ち出されると、水希としてはどうにも落ち着かない。

なぜなら、水希にトラウマを植えつけた例の女子が、まさに吹奏楽部の人間だったからだ。

もしかしたらそこ経由で、自分の恥ずかしい過去に触れられるかもしれない。

戦々恐々とする水希に、藤本が不意に話を振った。

「もう通ってないの？」

「え？」

「書道教室。いまはもう通ってないの？」

「あ、あぁ……うん……」

曖昧にうなずく水希。

すると藤本は、すぐに高瀬へ向き直った。

「知ってる？　下野君、すごくきれいな字ぃ書くんだよ」

話を振られた高瀬は、意外にも首を縦に振ってみせる。

「うん、知ってるよ」

そして一呼吸置くと、水希のほうを見ながら続ける。

「小学生の頃、書道コンクールで入賞してたよね」

「……ま、まぁ……」

事実は事実だったが、高瀬がそれを覚えていたことのほうが驚きだ。

「男子で字がきれいだとポイント高いよねー」

「ね～」

顔を見合わせてうなずき合う女子ふたり。

だからなんのポイントだよと、水希は恥ずかしさに顔をそらしてしまう。

動揺を隠すようスマホをいじくっていると、またしても藤本から声をかけられた。

「あ、下野君。ＬＩＮＥやってる？」

「やってるけど……」

「じゃ、ついでにアドレス交換しよ」

なんのついでかはわからなかったが、特に断る理由もないので、水希は了承する。

「はい、そっちから読み取って」

そう言って藤本が、ＱＲコードを表示させたスマホの画面を差し出してくる。

水希は言われた通りスキャンしようとするが、どうしても手元がぎこちなくなってしまう。

女子との連絡先交換に緊張している――のはもちろん、一番の理由は他にあった。

「………」

身を乗り出し、こちらの手元をじぃ～っとのぞき込んでくる高瀬。

物言わぬその視線には、なにか異様な圧力みたいなものを感じる。

「なに恨めしそうな目で見てんの？」

同じく気配に気づいたらしい藤本が指摘すると、高瀬はぷいとそっぽを向いた。

「み、見てないし」

高瀬の態度は、見るからにへそを曲げたもの。

まさか、嫉妬《しっと》しているのだろうか？

男子と仲良くしている、友人に対して？　自分に対して……？

それとも、女子と仲良くしている、自分に対して……？

想像をめぐらす水希だったが、そのどちらも勘違いだったことを、すぐ思い知ることになる。

「菜央《なお》も早くスマホ買ってもらいなよ」

「だって、お母さんがまだ早いって言うんだもん……」

なるほど。高瀬が向けていた嫉妬の目線は、スマホそのものに注《そそ》がれていたわけだ。

早とちりに熱を帯びる頬《ほお》を隠すように、水希はうつむき加減で黙々と足を動かす。

そうこうしているうちに分かれ道へと差しかかり、藤本が言った。

「じゃ、わたしこっちだから。またね！」

「……っす」

「ばいば～い」

丁度赤に変わってしまった信号の前で、水希は立ち止まる。

どうやら高瀬とは、もう少し帰り道を一緒にしなければいけないようだ。

「………」

校外でふたりきりという状況がどうにも落ち着かない。

耐えきれなくなった水希は、思わず逃げ道を選んでしまった。

「あ、おれちょっと、コンビニ寄ってくから」

それじゃ、と返事を待たずに背を向ける。

しかし、制服の袖《そで》をついと引っ張る力が、それ以上の歩みを許さなかった。

「待って」

「な、なんだよ……」

「わたしもついてっていい？」

真《ま》っ直《す》ぐに注がれる、懇願するような高瀬の眼差《まなざ》し。

これをむげに断れるほど、水希もひねくれ者ではない。

「……別にいいけど」

「ありがとっ」

結局、逃げ道はふさがれる結果になってしまった。

諦めの境地で、水希はコンビニへと立ち寄る。

「いらっしゃいませー」

自動ドアを抜けると、店員の声に出迎えられた。

下校時間ということもあって、店内には自分たち以外にも学生服姿がちらほら見受けられる。

そのなかの一組、高校生カップルと思われる男女のペアを見て、水希は途端に込み上げるものがあった。

まさか自分たちも、端から見たらあんな風に、下校デートを楽しんでいるカップルに見えているのだろうか？

自意識過剰に気持ちを焦《あせ》らせる水希。だがその一方で高瀬はと言えば、

「あ、フエラムネ売ってる！　なつかし～」

お菓子コーナーに直行し、いたく楽しそうに商品を物色しているではないか。

「知ってる？　フエラムネのおまけって、男の子用と女の子用があるんだよ」

「……そうなのか」

「うん。ほら、この箱の横っちょのとこ。ちゃんと書いてあるでしょ？」

「……ほんとだ」

「女の子用があんまりなくて、いつも必死になって探してたな〜」

そう言いながら、高瀬はフエラムネをひとつひとつ手に取って確かめていく。どうやら女の子用を探しているらしい。

「………」

まるきり子供のようなその姿に、水希は良い意味で気持ちを冷ますことができた。いくぶん冷静さを取り戻して店内を回る。とはいっても、目的もなく立ち寄っただけなので、買いたい物は特にない。

しかしなにも買わないわけにはいかないので、冷蔵ケースのなかから、中容量の紙パック入りミルクティーを適当に選んだ。

そうしてレジの列に並んだところで、肩をポンポンと、背後から叩《たた》かれる。

「ねぇねぇ、見て。焼き芋が売ってる」

そう言って高瀬が指差すのは、焼き芋を販売するためのホットショーケースだ。

水希にとっては見慣れた商品だが、高瀬には物珍しいようで、いかにも物欲しそうな目をケースに向けている。

「ほしいなら買えば」

「え〜、どうしよ〜」

たかが焼き芋ひとつに、高瀬は真剣に悩んでみせる。

しかし結局、買わない選択を選んだようだ。

「食べたいけど、やめとく。買い食いしちゃダメって言われてるから」

「ふぅん……」

スマホが禁止されているのもそうだが、どうやら高瀬の家は厳しいらしい。

それに同情したのだろうか、水希は自然と思い立っていた。

「話してたら、なんか食いたくなってきた」

言い訳するように呟いて、ミルクティーと一緒に焼き芋をひとつ注文する。

そうして会計を済まし、店を出たところで、水希は半分に割った焼き芋の片方を高瀬に手渡した。

「半分やる」

「いいの？」

「全部食ったら、晩飯食えなくなるし……」

もちろんそれは、ただの口実。

女子に対してスマートに奢れるほど、水希は大人ではないのだ。

「うわ～！　ありがと～！」

大げさなくらい喜んでみせる高瀬。

しかしどうしてだろう、なかなか焼き芋に手をつけようとしない。

「へへ、なんか食べるのもったいないや」

「なんで？」

なにげなく質問すると、ナチュラルに男心を刺激する一言が返ってきた。

「だって、こんな風に男の子から奢ってもらったの、初めてなんだもん」

「……あっそ」

クールを装ってストローを吸う水希だが、その心のうちはお祭しである。

「でも冷めちゃったらもったいないよね。いただきま～す」

そう言うと、高瀬はやっとのこと焼き芋を頬張《ほおば》った。

うれしさにほころんでいた表情は、しかし次の瞬間、苦悶《くもん》の表情へと変わる。

「はふっ！　はふっ！」

猫舌なのか、焼き芋の熱さに悶《もだ》える高瀬。

地団駄まで踏んで苦しがるその様子は、いくらなんでもオーバーだったが、本人にとっては深刻な状況だったらしい。

ついには我慢の限界を迎え、水希まで巻き込むことになる。

「ちょ……！」

突如、引き寄せられる手。

その手のなかには、飲みさしのミルクティー。

ついさっきまで冷蔵ケースで冷やされていたそれは、熱を和らげるために、なるほどうってつけだ。

「お、おい……！」

直前まで自分が口をつけていたストローに、高瀬の唇が重ねられる。

突然の出来事に、水希はただただ呆然《ぼうぜん》と、目の前の光景を眺めることしかできない。

「………」

そういえば、吹奏楽部の人間は間接キスを気にしない、みたいな話を聞いた覚えがある。もしかしたら高瀬もその口なんだろうか？

そんなことを考えているうちに、やがて高瀬も満足したようだ。ストローから口を離すや、平然と言ってみせる。

「火傷《やけど》するかと思った！」

「………」

MILK TEA

女子の思わせぶりな態度を真に受けてはいけない。

そうはわかっていても、どうしたって心を乱されてしまうのが、男として生まれた者の悲しき性《さが》であった。

第6話　新鮮で、いいな

同じクラスになったこともあり、水希《みずき》はここ最近、高瀬《たかせ》の姿をよく視界に入れるようになっていた。

ストーカーよろしく常日頃から観察しているわけではないが——それでも高瀬を見ていて、ひとつ気づいたことがある。

それは、自分が低身長という理由で損をしているのと同様に、高瀬もまた、高身長という理由で損をしているということだ。


「——高瀬。悪いけどこれ、掲示板に貼《は》っておいてくれるか」


放課後の教室。

帰り支度をしていた水希は、ふと聞こえてきた声に振り返った。

見れば担任の教師が、なにやら高瀬に紙の束《たば》を渡している。

察するに、先日クラス全員で書いた自己紹介のプリントだろう。

「あ、はい」

素直にプリントを受け取る高瀬。

十中八九、担任は身長を理由に手伝いを頼んだのだろうが、当人にしたら迷惑な話だ。

「手伝おうか？」

近くにいた藤本《ふじもと》がそう申し出るも、高瀬は首を横に振った。

「ううん、大丈夫。先に部活いってて」

「わかった。少し遅れるって伝えとくね」

「ありがと～」

先に教室を出ていく藤本を見送ると、高瀬はさっそく作業に取りかかった。

プリントと画鋲《がびょう》を手に、教室後方に設置された掲示板へ向かう。

しかし、そこにはロッカーが並んでいることもあり、掲示板はかなり高い場所に位置している。さすがの高瀬でも、あそこまで手を届かせるのは厳しそうだ。

どうするのだろう。

水希が心配しながら見守っていると――高瀬はおもむろに上履きを脱ぎだした。

その理由は、尋ねるまでもない。

ロッカーの上に、のぼる気だ。

「……………」

制服のまま?

スカートを、はいたまま?

「よいしょ――」

「ちょ!」

気づくと水希は、大声で高瀬を制していた。

いままさにロッカーに足をかけようとしていた高瀬が、驚いた顔でこちらを振り向く。

「え? なに?」

「いや……その……」

思えば、こうして自分から高瀬に声をかけるのは、これが初めてのことかもしれない。

緊張でしどろもどろになりながらも、水希は声を絞り出すように言った。

「あ、危ないと……思う」

「でも、のぼらないと届かないし……」

確かに高瀬の言う通り、脚立でも持ってこない限りは、ロッカーにのぼらずプリントを貼るのは不可能だろう。

だが、スカートをはいたままそれを行うのは、いくらなんでも無防備すぎる。

ジャージをはいたらどうか――そうアドバイスできればよかったが、万が一でも自分がスカートのなかを意識している変態野郎だと思われたくない。

となれば、水希の取れる選択はひとつだった。

「……おれがやるよ」

「いいの？」

「危なっかしくて、見てられない」

もっともらしいことを言いながら、水希は席を立って高瀬の側へ向かう。

「……ありがとう」

感謝の言葉と一緒に画鋲のケースを受け取る。プリントも受け取ろうとしたが、そちらは高瀬が下から渡してくれるようだ。

そうしてロッカーの上にのぼり、プリントを貼り始める水希だったが――

「ふふ」

高瀬が浮かべる奇妙な微笑みに、ふと気を取られてしまった。

「なんだよ」

「ううん。なんでも」

と言いながらも、高瀬は続ける。

「ただ、いつもと位置が逆だから、なんだかおかしいなって」

「……チビに見下ろされるのがそんなにおかしいか」

「ちがうちがう、そういう意味じゃないよ」

慌てて否定すると、水希の顔をじっと見上げながら、高瀬はぽつりと言った。

「なんか、新鮮で、いいなぁって」

「…………」

確かに、水希の立場から見ても、この光景は新鮮に映る。

いつも見上げる立場だからか、高瀬には大人っぽいイメージを勝手に抱いていた。

だが、上目遣《うわめづか》いの視線をこちらに向けている顔を見ると、年相応のあどけなさが残る、いたって普通の同級生という印象を受ける。

「……意味わからん」

しかし天《あま》の邪鬼《じゃく》な水希は、そんな自分の気持ちを頑《かたく》なに認めようとしない。

いかにも興味なさそうに吐き捨てて作業に戻るが——構わず話しかけてくる高瀬に、結局は付き合わされてしまう。

「こういう仕事があると、いつも任されちゃうんだ」

「ふぅん」

「頼られるのはうれしいけど、なんでもかんでも押しつけられるのは困っちゃう」

「背が高すぎると、それはそれで損だよな」

「そう！　ほんとそうなの！　聞いて？」

なにか具体例がある様子で、高瀬は早口になって語ってみせる。

「小学校の教室に、扇風機付いてたの覚えてる?」

「あぁ……天井《てんじょう》に付いてたな」

「そうそう!」

「それがなに?」

「うん。小六のときにね、それのカバーが取れちゃったの。それで、付け直さなきゃだから、誰《だれ》か背の高いひと~って、わたしがやることになったんだけど」

「さすがに天井までは届かなくね?」

「そう! だから、机にのぼって、うんと背伸びして、それでなんとか、がんばって付け直したの」

だんだんと熱を帯びていく口調で、高瀬は続ける。

「でね、やった~、直った~って、机から下りようとしたら——いつのまにか教室のなか、み~んな男子ばっかりで!」

「なんで?」

「それがね! 次の授業が体育だったの! それで男子が着替えのために集まってて!」

「あぁ……」

その場面を想像してみて、水希は思わず同情の念を抱く。

もし自分が同じ立場で、女子が着替えをする場に取り残されていたら、赤面どころの話じゃなかったはずだ。

「もう、めちゃくちゃ注目されてたし、着替え始めてる子もいたしで……すっっっごい恥ずかしくて、わたし超ダッシュで逃げたんだから！」

言いながら、高瀬は当時を再現するように、その場でばたばたと走る真似をしてみせる。

「ふっ――」

その滑稽な仕草に、たまらず吹き出しそうになる水希だったが、ここはぐっと堪《こら》えて笑いをかみ殺す。

当時の高瀬ほどではないにせよ、ロッカー上で作業している現在の自分も、それなりに注目を集めてしまっている立場だ。あまり目立つような言動は避けたかった。

「――ねぇ」

そうして作業を続け、教室から人気もなくなってきた頃、高瀬が不意に呟いた。

「やっぱり、スマホって持ってたほうがいいのかな」

「急になんだよ」

脈絡ない話題に水希が首をかしげると、高瀬はどこかすねたような口調で言う。

「だって、みんな持ってるんだもん」

「みんなってわけじゃないだろ」

「でも、下野《しもの》もたまちゃんも持ってるし……。わたしだけ仲間はずれ」

「仲間はずれって……」

なんと返せばいいのやら、水希は返答に困ってしまう。

一方の高瀬はそれに構うことなく、さらに質問を重ねてきた。

「下野は、LINEで友達と連絡取ったりしてるの？」

「……まぁ、それなりに」

実際のところ、ぼっちになってから連絡を取り合うような人間もいなくなったため、これは見栄だ。

「たまちゃんとも、なにか話した？」

「いや、藤本とはまだなにも」

「……そうなんだ」

どこかほっとしたような口調で言うと、高瀬は続けた。

「買ってって、お母さんにお願いしてみようかな」

「いんじゃね」

「いくらぐらいするんだろ？」

「ピンキリだと思うけど、最新機種なら十万円とかするんじゃないか」

「え〜！　そんなにするの⁉」

適当に返事をしながら、水希はプリントの貼り付けに集中する。

そのまま順調に作業を進めていき、いよいよ最後の一枚に差しかかるが――

「？　おい、プリント」

呼びかけても、なぜか高瀬はプリントを渡そうとしてこない。

なにやらニヤニヤしながら、プリントと水希の表情を見比べている。

「ふっふっふ――問題です。これは誰《だれ》のプロフィールでしょ～？」

すると突然、その場でプリントの内容を読み上げ始めた。

「血液型、A型。得意なスポーツ、バスケ。好きな食べ物、鶏の唐揚げ」

聞き覚えのある内容に、水希はぎょっとした。

それもそのはず。

なにしろそれは、水希自身が書いたものだったからだ。

「おい！　それ、おれの……！」

「ピンポ～ン。大正解！」

満面の笑みで正解を告げると、高瀬はそのまま水希のプロフィールに目を通し始める。

「ふむふむ。最近は読書にハマっているのか～」

「や、やめろ！　見るな！」

「えへへ。いいじゃん、どうせ貼り出すんだし」

「そういう問題じゃない！」

自分のプロフィールなんて、ただでさえ人に見られたくないものなのに。それを目の前で読み上げられるなんてとんだ羞恥プレイだ。

慌ててロッカーから飛び降りた水希は、プリントを取り返すべく手を伸ばす。

しかし高瀬は、プリントを高く掲げてしまい、こうなると身長差から思うようにいかない。

「くそ……！」

ジャンプして奪い取ってもよかったが、あまり強引《ごういん》にやるとプリントが破れてしまう可能性がある。

そうやって躊躇している間にも、遠慮ない視線が自分のプロフィールに注《そそ》がれてしまう。

「やめろって！」

焦《あせ》った水希は、手が届くぎりぎりの高さにある、高瀬の手首をとっさに摑《つか》んでいた。

「あっ」

反射的に声を出す高瀬。

そのあまりに素な響きと、至近距離でかち合ってしまった視線に、水希のなかで瞬時に恥じらいの感情が沸き上がる。

すぐに手を離し、肌に触れてしまった無礼を謝罪した。

「ご、ごめん……」

「ううん……」

結果的に大人しくなってくれたが、興味は相変わらずあるようだ。

高瀬は最後の一枚を自分の手で貼ると、改めて水希のプロフィールを確かめだす。

「尊敬する人物は……ステフィン・カリー？　誰だろ？」

「結局見るのかよ……」

これは拒否しても無駄だなと、水希は潔く諦《あきら》める。

しかし、やられっぱなしは性に合わないので、ここでひとつ反撃に出ることにした。

「そっちが見るんなら、こっちだって見てやるからな」

掲示板のなかから高瀬の名前を見つけ出し、やられたらやり返すと声高に宣言。

「え……」

恥じらう素振りを見せる高瀬。

だがそれは、明確な拒否にまで至らなかった。

ロッカーに体重を預けた姿勢で、横目で水希を見つつ、微笑み混じりに言ってみせる。

「うん、見ていいよ？」

オープンな態度とは裏腹に、その表情に浮かぶのは、はにかんだ笑顔。

狙《ねら》ってやっているならとんだ食わせ者だが、そうでなくてもやっかいなことに変わりはない。

「っ〜……」

逆に痛烈なカウンターをもらってしまい、水希は激しく動揺してしまう。

ここはもう、逃げる以外の選択肢はなかった。

「あれ？　帰っちゃうの？」

「もう終わっただろ。——そっちも、さっさと部活いったらどうだ」

捨て台詞を吐いて、足早に教室を出る。

そうしてほっとしたのも束の間、

「手伝ってくれてありがと～！」

廊下に響く大きな声に、水希はほとんど走る勢いでその場を立ち去るのだった。

第7話　する？

人間の聴覚には、たとえ周囲が騒がしくても、自分にとって重要な情報を優先して聞き取る能力が備わっているものらしい。

いわゆるカクテルパーティー効果と呼ばれるこの現象。裏を返せば、やたら耳に入ってくる情報があったら、自分がそれに興味を持っている証拠にもなるだろう。

「――ちゃんと届いてる？」

「――届いてるからっ、スタ爆やめ！」

休み時間の喧噪に包まれた教室。

そのなかで水希《みずき》の耳が特定の会話だけはっきり聞き取ってしまうのも、つまりはそういうことだった。

「見せて見せて」

「もう、はしゃぎすぎ」

窓際の席。スマホ片手に盛り上がっているのは、高瀬《たかせ》と藤本《ふじもと》の仲良しコンビだ。

どうやら高瀬がついにスマホデビューしたようで、藤本相手に操作の練習をしているらしい。

「たまちゃんからも送って！」

「はいはい」

会話の内容から察するに、ＬＩＮＥでスタンプを送り合っている様子だ。

高瀬のリアクションがいちいち初々しく、見ているだけで微笑ましい。

「わっ！　しゃべった！」

「ふっふっふ。音声つきスタンプだ」

ふたりの会話をそれとなく聞きながら、水希は自分もスマホを手に取る。

何の気なしにＬＩＮＥのアプリを立ち上げると、先日登録したばかりの藤本のアカウントが目についた。

「………」

別に、女子と連絡先を交換するぐらい、どうってないことだ。

現に藤本とも、これといった理由もなく、会話の流れのなかで自然と交換しただけ。

なんの関係もない相手ならいざ知らず、面識のあるクラスメイト同士なら、それぐらいの気軽さがむしろ普通だろう。

「——あれ？」

言い訳がましい水希のそんな考えは、すぐにフラグ回収されることになる。

ただし、水希が想像したのとは、だいぶ違うかたちで。

「高瀬さん、スマホ買ったんだ」

そう言いながら女子ふたりに近づいていくのは、二年B組で一番のモテ男、戸川《とがわ》だ。

「よかったね。おめでとう」

「あ、ありがと〜」

気さくに声をかけた戸川は、そのままの流れで難なく言ってみせる。

「じゃあＬＩＮＥ交換しようよ」

「え……」

少し驚いた様子を見せる高瀬。

いっぽう水希の心中は、その比ではない。

——なんてチャラい男なんだ！

——クラスメイトでも、相手は女子だぞ！

自分のことを棚に上げて、水希は戸川への不満を渦巻かせる。

そうこうしているうちに、事態はどんどん進行していってしまう。

「あ、もしかしてまだアプリ入れてない？」

「う、ううん……」

「よかった。それじゃ」

さも交換して当然だと言わんばかりに、戸川は自分のスマホを差し出してみせる。

「ど、どうしよう」

「すればいいじゃん」

助言を求めた友人からもそう言われてしまえば、高瀬も受け入れるより他はない。

「じゃあ――」

不慣れな手つきで要求に応じる高瀬。

その視線が、一瞬、水希のほうへ向けられる。

「っ……」

慌てて顔を背《そむ》けるも、ばっちり目が合ってしまった。

途端に居心地の悪さを覚えた水希は、考えるよりも先に席を立ち、そのまま足早に廊下へ出る。

自分でも訳がわからないが、とにかく教室のなかにいたくなかった。

行くあてもないので、しかたなくトイレへと駆け込む。

しかし、ないのは尿意も一緒なので、チャックを下げてもなにも出てこない。

そんななか、唯一出てきたものといえば、

「……はぁ」

深い深い、溜《た》め息《いき》だけだった。


元々アウトドア派の水希だったが、部活を辞めて、友人とも交友しなくなると、すっかりインドア派に変わってしまった。

なかでも一番の変化といえば、読書の習慣がついたことだ。

毎日というわけではないが、放課後になるとたびたびこうして図書室を訪れ、ひとり物語の世界に耽っていた。

「……お」

本棚を物色していたところ、ライトノベルコーナーでふと気になるタイトルを見つける。

古き良き、ひらがな四文字系の青春ラブコメ作品。もう十年以上前に出版されたものだが、こうしていまも残されているあたり、不朽の名作なのだろう。

今日の一冊はこれにしよう。そう決めた水希は、差し込まれた背表紙に手を伸ばした。

しかし、

「……ぐ」

ぎっちり詰め込まれていて、なかなかうまく取り出せない。

おまけに本棚の最上段に並んでいるので、背の低い水希にはますます難易度が高い。

しばらく苦戦していると——背後から不意に、救いの手が差し伸べられた。

「これ？」

振り向くと、そこにいたのは高瀬だった。

高身長を活かして軽々と本を抜き取り、水希に手渡してくる。

「あ、あぁ……」

突然のことに驚きながらも、水希は本を受け取ろうとする。

だが、本の表紙を目にしたところで、その手は引っ込んでしまった。

表紙を飾るのは、かわいらしい女の子のイラスト。

扇情的ではないものの、いわゆる萌え絵の範疇ではあるので、中学生男子が気にしないわけもない。

「ち、ちがうっ」

「あれ、ちがった?」

本を元の位置に戻した高瀬が、改めて聞いてくる。

「どれ?」

「と、隣の……」

「これ?」

「そ、そう……」

ろくに確認もせず答えると、思いがけない一冊が水希の手元にやってきた。

名前ぐらいは聞いたことがある、昔の有名な文学作品。

マンガチックなイラストを表紙に使った新装版なので、ラノベコーナーに並べられていたのだろう。

「さ、さんきゅ……」

「難しそうなの読むんだね」

「……まぁな」

水希は余裕ぶってそう言うが、普段読んでいるのはもっぱらティーンエイジャー向けの作品ばかりなので、これは強がりだった。

「わたしもなんか読もうかな。オススメある?」

「……本なんて、人にオススメされて読むもんじゃない」

一丁前な読書家ぶったことを言って、水希はそそくさとその場を立ち去る。

入り口から一番遠いお気に入りの席に座ると、ほどなくして雑誌を手にした高瀬が隣にやってきた。

「な、なんだよ……」

「なにが？」

「なにがって……いや……」

確かに、どの席を選ぼうが本人の勝手だ。

しかし他に利用者もおらず、空席が目立つ状況で、わざわざ並んで座る必要があるのか。

……いや、むしろその必要があるからこそ、高瀬はこの席を選び、そもそも図書室までやってきたのではないか。

だとしたら、その理由はなんなのか。

気になってしまった水希は、もはや読書どころの騒ぎではない。

内容も理解せず、ただただページをめくっていると――不意にスマホの着信音がけたたましく鳴り響き、あやうく本を落としかけた。

マナーモードにし忘れたか。水希は慌てて確認するが、自分のスマホはちゃんとマナーモードに設定してあった。

どうやら粗相をしでかしたのは、もうひとりの利用者のほうだったらしい。

「電源切るか、マナーモードにしてね」

カウンターの向こうから、女性の司書教諭が注意する。

へまをやらかした高瀬は、「ごめんなさいっ」と謝りながら、慌ててスマホをいじりだした。

「えっと、マナーモードってどうやるんだっけ……」

しかしまだ操作に慣れていないのか、うまくいかない様子だ。

「……なにしてるんだよ」

「う〜」

「ちょっと貸せ」

見かねた水希が代わりに設定してやると、高瀬はほっとしたように言った。

「ありがとっ」

「………………」

図書室なので声をひそめるのは当然だが、耳元で呟かれると、どうにも気分が落ち着かない。

そんな水希の動揺も知らず、高瀬は会話を続ける。

「スマホ、やっと買ってもらえたんだ」

「……よかったじゃん」

「うんっ」

喜色満面の表情を見るに、相当うれしいのだろう。

しかしスマホを話題に出されると、水希としてはどうしても、あの件について触れたくなる。

「……戸川と、アドレス交換したのか？」

気持ちが先走り、脈絡なく質問してしまう。

これでは「ずっと気にしていた」と言っているようなものじゃないか。

失言を悔やむ水希だったが、こうなったら引っ込みはつかない。

心して返事を待つと、高瀬はどこか決まり悪そうに言った。

「……うん」

「……ふうん」

「べ、別に普通だよ。クラスメイトだもん」

言い訳するようだった高瀬の口調が、そこで一転して、水希を糾弾するものへと変わる。

「下野《しもの》だって、たまちゃんとしてたでしょ」

「そうだけど……」

「じゃあ、おあいこだよ」

「なんだよ、おあいこって」

徐々に声のボリュームが大きくなるふたり。

それを注意するように、司書教諭が「んんっ」と咳払《せきばら》いしてみせた。

「………」

「…………」

色んな意味で気まずい空気がふたりの間に流れる。

やがて沈黙を破ったのは、限界まで声をひそめた、高瀬のささやき声だった。

「する?」

「え?」

「LINE。交換」

「……まぁ。別にいいけど」

努めてぶっきらぼうに振る舞う水希だったが、すぐに小説のページを閉じたあたり、その心中がうかがい知れる。

そうしてスマホを取り出すも——高瀬から「ちょっと待って」と制されてしまった。

「こっち来て」

急に席を立った高瀬が、そう言って水希を手招きする。

誘われるがままついていくと、図書室の一番奥まった場所まで連れていかれる。

「なんでわざわざ……」

「だって、見つかったらまた怒られちゃう」

高瀬はさらに念を入れて、水希を隅に立たせると、自分はその真正面に立ってみせた。

「これなら見えないよね」

なるほど。確かにこれなら、高瀬の大きい体が壁になって、ふたりの手元を隠してくれるだろう。

完璧《かんぺき》な作戦だ。

――図書室の外でやればいいという指摘と、水希にかかるプレッシャーをのぞけば、の話だが。

「は、早くしろよ……」

実際に触れられているわけではないが、高瀬のサイズがサイズなだけに、まるで押しつぶされているような圧迫感を覚える。

「待ってね」

相変わらずたどたどしい手つきでスマホを操作する高瀬に焦《じ》らされながらも、なんとか無事、アドレスの交換を済ますことができた。

「オッケーだね」

「……あぁ」

これでやっと解放される――と思いきや。

「このアイコン、誰《だれ》？」

用が済んだ後も、高瀬はその場からどく気配はない。

それどころか、なおも会話を続けようとしてくるではないか。

一刻も早くこの状況から抜け出したい水希だったが、力尽《ず》くで押し通るわけにもいかないと、しょうがなく質問に応じる。

「カリー」

「カリー？　ライス？」

「ちがう。ステフィン・カリー」

「あ、尊敬する人物に書いてた人だよね」

「そう」

「有名人なの？」

「ＮＢＡの選手だ」

「えぬびーえー？」

「……アメリカのバスケット選手」

「へぇ～。有名なの？」

「超有名。しらないほうがおかしいレベル」

「え～。わたし、全然しらない」

「ありえないな」

「むぅ」

不服そうに唇をとがらすと、高瀬はさらに半歩分だけ距離を詰めて、水希の顔をのぞき込みながら言った。

「じゃあ、教えてよ」

「……ググれば」

「そうじゃないし」

「…………」

「ダメ？」

「ダメじゃないけど――」

ふたりのやり取りは、そこで唐突に終わりを迎える。

「そこでなにしてるの？」

書架の向こうから聞こえる、司書教諭の声。

「な、なんでもないで～す」

「っ……」

ふたりは慌ててスマホを隠し、そそくさと席に戻った。

「あぶなかったね」

どこかうきうきした調子で、高瀬がそう耳打ちしてくる。

スリルを楽しむ気持ちはわからないでもないが、どう反応すればいいのやら、水希は返答に困ってしまう。

そんな水希を尻目《しりめ》に、高瀬は言った。

「ごめん。そろそろ部活いかなきゃだから」

ろくに読んでもいない雑誌を返却し、帰り支度を始める高瀬。

部活あるのになんで図書室なんか来たんだよ、なんて突っ込みを入れるのは野暮《やぼ》というものだろう。

「ばいばい」

「あぁ……」

高瀬がいなくなり、図書室にはいつもの静けさが取り戻される。

これで心置きなくラノベが読めると、水希は本を取り替えて読書を再開する——が、

「…………」

なぜだろう、平易な文章のはずなのに内容がちっとも頭に入ってこず、まったくと言っていいほど読書がはかどらなかった。

第8話　話してくれて、うれしい

ベッドに腰かけたまま、上体の力だけでシュートを放つ。

天井《てんじょう》すれすれに放たれた子供用バスケットボールは、水希《みずき》の思った通りの軌道を描き、そのまま自室のドア上部に設置されたゴールネットへと吸い込まれていった。

「おしっ」

ひまつぶしに始めたシュート練習。

ミニボールと簡易ゴールネットを使ったお遊びのようなものだったが、やり始めるとこれが案外、熱中してしまう。

二回、三回、と続けていき——順調に九回連続成功を達成。

次を入れればきり良く十回連続成功だ。水希はいっそう集中して、ボールを宙に放った。

指のかかりぐらいも、リリースのタイミングも完璧《かんぺき》。

これは間違いなく入ったと、そう確信できる手応えだったが——ここで思わぬ邪魔が入り、シュートは外れてしまう。

「ちょ、急に開けるなって！」

外からドアを開いてゴールの位置をずらすという、掟破りのブロックをかましてきた相手に、水希は声を荒らげた。

しかし相手――姉の司《つかさ》はなんのその。水希の訴えを無視して、自分の要件を一方的に伝えてくるばかりだ。

「お風呂《ふろ》空いたから。次、入りな」

「もうちょいで十回連続成功だったのに！」

「はいはい、ごめんね」

まるで水希を相手にせず、司はそう言ってすぐに去っていってしまう。

「ちっ……」

やり切れない気持ちを舌打ちに変えると、水希はボールを回収してベッドに戻った。

――このままで終われるか。

相変わらずの負けず嫌いを発揮して、水希はもう一度チャレンジを開始するも――ここでまたしても邪魔が入る。

「ん……？」

ベッドのヘッドボードで充電中のスマホが着信音を鳴らす。

見れば、届いたのはＬＩＮＥのメッセージで――内容を確かめた水希は、思わず息を呑《の》んでしまった。

『なにしてる？』

まっさらなトーク画面に刻まれた、シンプルな一文。
高瀬《たかせ》からの、初めてのＬＩＮＥだ。

「………………」

ぼっちになって以来、こうして誰《だれ》かから連絡がくるのもずいぶん久しぶりだ。
ましてそれが女子から届いたものであるなら、水希の緊張も当然だった。
にわかに早まる鼓動を意識しながら、水希は慎重に返事を打ち込む。

『ひまつぶし』

『どんな？』

『これ』

水希はゴールネットを撮影して、手っ取り早く画像で説明する。

『家にゴールあるの？』

『壁かけタイプのしょぼいやつだけど』

『へ～、すごい。そんなのあるんだ』

「……～っ」

別に自分が褒められたわけでもないのに、女子から「すごい」という言葉を向けられると、どうしても口元がもにょもにょしてしまう。

すっかり興味が失せたバスケットボールをそこらへんに放り出すと、水希はベッドに寝転び、スマホの画面に集中した。

『そういえば、動画みたよ』

『なに？』

『カレーさん』

カレーさん――きっとステフィン・カリーのことを言っているんだろう。教えてよと言っていたが、結局自分で調べたらしい。

『カリーな』

『まちがえた笑』

『おまえはナイキか』

『？』

『いや、なんでもない』

ナイキがカリーの名前を呼び間違えて契約を切られた話は、ＮＢＡファンなら知っていて当然の基礎教養だが、特にファンというわけじゃない高瀬には意味不明だったろう。

オタクの悪いクセが出てしまったと水希は反省するが、幸い高瀬は気にすることなく会話を続けてくる。

『めちゃくちゃ遠くからシュート入れちゃうの、びっくりした！』

『歴代ナンバーワンシューターだからな』

『すごいよね、あんなに小っちゃいのに』

『バケモノだ』

同意する水希だが、ここだけは否定しておかなければと、神経質に指摘する。

『ていうか、周りがデカすぎるから小さく見えてるだけで、カリーも普通にデカいから』

『そうなの？』

『百九十一ある』

『ほんと⁉』

NBA選手の公式身長はシューズの高さ込みで登録されることが多く、カリーも実際は百八十八センチほどなのだが、それでも大きいことに変わりはない。

『他の人たち、どれだけ大っきいの笑』

『たしか最近のNBAの平均身長、百九十八だったはず』

『やば！』

『これでも下がったほうだけどな。昔は二メートル超えてたから』

『！』

『最近はスモールボールっていう、サイズは小さいけど機動力が高い選手を起用する戦術が流行ってて――』

高瀬のリアクションが良いことに、水希は喜々として趣味の話を続ける。

そのうち高瀬のほうもテンションが上がってきたのか、思わぬネタを披露してきた。

『そうだ、これ見て』

そう言って高瀬が、一枚の画像をアップしてみせる。

小学生時代に撮られたものだろう。友人に囲まれた高瀬が、顔の横でピースサインを作っている写真だ。

体操服姿でハチマキを巻いている姿を見るに、運動会で撮られた一枚なのは明らかだった。

『逆にひとりだけ大きくて、まわりが小さく見えちゃうパターン笑』

たしかに写真のなかでは、長身の高瀬だけが抜きん出ていて、相対的に周りの友人たちが小さく見える。

「ぶはっ」

微笑ましくもおかしみのある絵面に、水希はたまらず吹き出してしまった。

そうなると当然、文面のほうにも感情が出てくる。

『保護者かよ笑』

感じたままを伝えた、なんでもないメッセージ――のつもりだったが。

高瀬の反応は、想像以上だった。
『!!!』
『なに?』
『笑だって!』
『?・?・?』
『下野《しもの》、学校だとぜんぜん笑わないのに』
「…………」
指摘されて初めて、水希は自分の頰《ほお》が緩んでいることを自覚する。
それがどうにも気恥ずかしく、ついつい意地になって否定してしまった。
『そうでもない』
『そうでもあるよ』
即レスしてきた高瀬が、さらに続ける。
『あんまり話してもくれないし』
水希としては十分話している感覚なのだが、高瀬にとってはそうでもないらしい。
電子上の味気ないテキストに、ありったけの感情を乗せて伝えてくる。
『でも、LINEだと普通に話してくれて、うれしい』

「っ……！」

瞬間的に、顔が熱くなる。

こんなのは、反則だ。

バスケだったら即退場の、悪質なファウルだ。

ベッド上で身悶える水希は、誰が見ているわけでもないのに、枕《まくら》のなかに顔を隠してしまう。

しかしこれでは返事もままならないため、しかたなく顔を上げると――トーク画面には、新着のメッセージが届いていた。

『学校で話すと、迷惑？』

「………」

即答しろと言われれば、迷惑だ、と答えたい気持ちがある。

でも、自分は決して高瀬を毛嫌いしているわけではないのだ。

ただ、周りの目が気になるだけ。

女子よりもチビな自分が、ただ惨めに思えるだけ。

なのに「迷惑だ」なんて言ったら、高瀬に対して、それはあまりに失礼じゃないか。

自分の気持ちをしっかり吟味してから、水希は慎重に返事を打ち込んだ。

『迷惑じゃない』

だけど、

『学校で、あんまり目立ちたくない』

ふっと、胸が軽くなったような感覚を覚える。

それはきっと、言いたくても言えなかった言葉を、言えることのできた証拠なんだろう。

水希なりに勇気を振り絞った一言だったが、高瀬の反応は軽かった。

『それはわたしも笑』

「こいっつ……！」

じゃあなんで話しかけてくるんだよ。

そう言い返してやろうと文面を打っていた矢先、またしても急にドアが開かれた。

「水希〜、お風呂〜」

「ッ！　だから急に開けるなって！」

「あぁ?」

「は、入る、すぐ入るから……」

凄みを利《き》かせてくる姉をなんとか追い返すと、水希は途中書きだった文面を書き直し、最後になるメッセージを送った。

『風呂入らなきゃだから、そろそろ』

『わかった』

別れの合図代わりに、高瀬がスタンプを送ってくる。

かわいいのか不細工なのか、よくわからないデフォルメをされたキャラクターが、「またね」と手を振っているスタンプ。

どうやら藤本《ふじもと》相手の練習で、スタンプの扱いはすっかり習得したようだ。

「……どりゃ！」

部屋を出る間際《まぎわ》、水希はさっき放り出したボールを拾い上げると、軽くジャンプしてゴールへ思い切りダンクした。

その行為に特別な意味はなかったが――時に意味以上のものに突き動かされてしまうのが、思春期を生きる少年少女の習性とも言えた。

第9話　一緒に回る？

「はぁ……」

続々と乗り込んでくるクラスメイトたちによって、にわかに活気づいていくバスの車内。

自分の座席に座り、出発のときを待つ水希《みずき》は、憂鬱《ゆううつ》な気分にため息をついた。

今日は年度初めに学年合同で催される、校外学習の日。

行き先は地元でも最大規模の動物園ということもあり、生徒たちはみな盛り上がっている様子だ。

しかしぼっちの身としては、この手の行事は憂鬱以外のなにものでもない。

まだ出発もしていないのに、水希の心中はすでに帰りたい気持ちでいっぱいだった。

唯一の救いがあるとすれば、残りもので組まされた四人グループの内ひとりが欠席し、隣の席が空席になったことぐらいか。これで行き帰りの車内だけは気楽に過ごせる。

「あっ」

なにくれとなく窓の外を眺めていると、不意に通路のほうから声が聞こえてきた。

とっさに目を向けると——そこにいたのは高瀬《たかせ》だった。自分と同じ野暮《やぼ》ったいジャージ姿なのに、長身のおかげか不思議と見栄えが良い。

「ふふっ」

どうやら通路を挟んだ向こう側が高瀬の席らしい。大きい体をシートにおさめると、水希に向かって微笑みながら手を振ってくる。

「………」

恐る恐る手を振り返そうとする水希だったが――奥に座る人物の存在に気づき、結局それは未遂で終わる。

「あ、下野《しもの》君だ」

向こうも気づいたようで、藤本《ふじもと》が身を乗り出して話しかけてきた。

「あれ？　ひとり？」

「あぁ、うん……。隣のやつ、欠席らしい」

「そうなんだ。じゃあ席、ひとり占めだね」

納得したように頷《うなず》くと、藤本は隣に座る高瀬の肩を、バシバシ叩《たた》きながら言ってみせる。

「いいな。こっちなんてほら、隣にデカいのいるから狭くて狭くて」

「もぉ～、やめて～」

「いっそのこと、下野君の隣に移動しちゃおうかな」

「えっ」

とても本気には聞こえない藤本の一言だったが、高瀬の反応は過敏だった。

絶対に認めないとばかりに、体を押しつけて友人を阻《はば》んでみせる。

「だ、ダメだよっ、勝手に移動しちゃっ」

「冗談だってばー。抱きつくなー。つぶれるー」

「……仲良いよな、おまえら」

仲睦まじげにじゃれ合うふたりに、水希もついつい微笑ましい気持ちを抱いてしまう。

そうこうしているうちにクラスメイト全員が座席につき、いよいよバスが出発した。

初めこそ浮かれて騒いでいた生徒たちも、次第に落ち着いていき、車内には緩やかな空気が流れ始める。

「くぁ……」

うとうとしてきた水希は、ひとつあくびをすると、目をつむって窓枠に頬杖《ほおづえ》をついた。

到着まで一眠りするか。

そう思っていた矢先に、事件は起こる。

「たまちゃん、大丈夫？」

「……やばいかも……」

不穏な気配を察した水希は、まぶたを上げて横を見た。

するとそこには、青ざめた顔でぐったりしている藤本の姿が。

どうやら車酔いを起こしてしまったらしい。異変を察知した担任がすぐに駆けつけてくる。

「酔い止めは飲んだか？」

「飲んでないです……」

「そうか。じゃあいまからでも飲んでおくか？　楽になるぞ」

「はい……」

こういう事態は慣れっこなのか、担任はてきぱきと対応していく。

酔い止めを飲ませ、ミントキャンディを渡し、エチケット袋を用意して――そして最後に、こう言う。

「高瀬。悪いけど、こっちの空いてる席に移ってくれるか？　そのほうが藤本も、楽な姿勢取れていいだろう」

「は、はいっ」

即答すると、高瀬はすぐに立ち上がった。

そして、こっちの空いてる席――つまり、水希の隣へと移動してくる。

「たまちゃん、大丈夫かな。背中とか、さすったほうが……」

「ああいうときは、変に触らないほうがいいと思う」

水希がそう助言すると、高瀬は依然として心配そうな顔をしたまま、「そっか」と呟いた。

そうして水希のほうに向き直ると、苦笑混じりに言ってみせる。

「ごめんね。隣、邪魔しちゃって」

「別にいい」

事態が事態だ、文句はない。

それに、ここ最近よくＬＩＮＥでやり取りしていたおかげか、高瀬への苦手意識もだいぶ薄れてきた感じもする。隣に座られても、特に強い抵抗は感じなかった。

そんな自分の変化に無自覚なまま、水希は高瀬と、自然な流れで会話を交わす。

「動物園、楽しみだね」

「そうか？　正直、またここかよって感じだけど」

目的地の動物園は、県内でも有数のレジャースポットであり、地元民にとっては慣れ親しんだ遊び場だ。

かくいう水希も、幼少の頃から何度も足を運んでおり、正直いまさら楽しみに思う気持ちは湧《わ》いてこない。

しかし高瀬は違うようで、笑い混じりの口調で反論してくる。

「え～。何回いっても楽しいよ」

「物好きなやつだな」

「そうかな？　普通じゃない？」

「女子ってそういうとこあるよな。うちの姉ちゃんも、年一でドリームランド遊びにいってるし」

同じ場所に何度も遊びにいって、いったいなにが楽しいんだろう。水希にはまったく理解できない。

そうやって呟いただけのなにげない一言に、しかし高瀬が意外にも食いついてきた。

「下野、お姉さんいるの？」

「いるよ」

「どんな人？」

「……ゴリラかな」

男勝りな性格の姉には、昔から事あるごとにかわいがられてきた。――もちろん、反語的な意味で。

姉弟仲は決して悪くないものの、向こうが上でこちらが下という力関係は明白。水希にとっては絶対に逆らうことができない、理不尽極まりない存在だ。

それゆえにゴリラなのである。……ゴリラが理不尽かどうかは知らないが。

「ふふっ、ゴリラかぁ」

おかしそうに笑ってみせた高瀬が、ふと思い出したように言う。

「あ、ゴリラっていったら。動物園のイケメンゴリラ、知ってる？」

「あぁ……」

いつ頃だったか、端正な顔つきが「イケメンすぎる！」とメディアで取り上げられて、一躍有名になったゴリラがいた。それのことを言っているんだろう。

「実物見たことないけど、画像で見たことはあるな」

「わたし、生で見たことあるよ。想像以上にイケメンだった！」

「へぇ」

「たまちゃんも楽しみだって言ってた。ゴリラ好きなんだって」

「ゴリラ好きって」

藤本の意外な好みに、水希はついつい口元を緩めてしまう。

「下野のお姉さんとも仲良くなれそうだね」

「あははっ。ほんとだな」

声を出して、腹の底から笑う水希。

ひとしきり笑ったところで、高瀬からじっと見つめられていることに気づき、とっさに仏頂面を取り繕った。

「……な、なんだよ」

「ううん。いい笑顔だなぁ～って」

「っ……」

そういうおまえこそ、めちゃくちゃ笑顔じゃないか。

水希はそう思ったが、思っただけで、とても口には出せなかった。

校外学習のしおりを開くと、持ち物についてこんな一文が書かれている。

『スマホの持ち込みは原則禁止です』

ほとんど遊びのような行事とはいえ、授業は授業、当然の取り決めだ。

ぼっちではあっても、不真面目《まじめ》ではない水希にとって、わざわざ注意されるまでもないことだったが――ルールを破る人間というのは、どうやら絶対に出てくるものらしい。

「は？　こいつ絶対マウサーでしょ」

「ＰＣ版いけカス」

そこかしこにレジャーシートが広げられた、芝生広場の片隅。

禁止されたスマホを持ち込み、ゲームに熱中する同じ班の男子ふたりを眺めながら、水希はやれやれとため息をついた。

いくら動物に興味がないとはいえ、こんな青空の下でまでゲームに興じることもないだろう。おまけにFPSをプレイしているようで、口を開くたびに暴言や煽りが飛び出し、側で聞いていて気分が悪い。

「………」

すでに昼食は済ましたが、集合時間はまだまだ先。

このままじっとしていても退屈だし――なにより、こんなところを引率の先生に見つかりでもしたら、自分まで共犯扱いされかねない。

ここは単独行動に出たほうがよさそうだ。そう思い立った水希は、すぐ行動に移した。

「……おれ、ひとりで回ってきてもいいかな」

「うぃす」

「てら」

素っ気ない返事でも、返ってきただけマシだろう。

リュックを背負い、スニーカーをはき直した水希は、ふたりを残して芝生広場を後にした。

さて、どこに向かおうか。

特に目的もなく散策していると、やがてひときわ賑わっている場所にたどり着く。

ゴリラ獣舎だ。

例のイケメンゴリラ目当てなのか、獣舎前は他と比べても特に混雑しており、かなりの盛況ぶりを見せている。

これほど人を集めるなんて、よほど人気があるのだろう。興味をそそられた水希は、イケメンゴリラの顔をひと目見てみることにした。

ガラス越しに屋内の獣舎をのぞく。どうやら五頭ほど飼育されているようで、このなかの一頭が噂のイケメンらしい。

残念なことにどのゴリラも背を向けていて、顔での見分けはつかないが――周りの反応から察するに、中央に座って草をいじくっている一頭がそのようだ。

「でか……」

顔つきはさておき、すごい存在感だ。

他の四頭が小さく見えてしまうぐらい、とにかく体が大きい。後ろ姿だけでもオーラが別格だった。

どうにか振り向いてくれないものか。

そう念じながらしばらく見守っていると――隣から不意に、聞き覚えのある声が聞こえてきた。

「全然こっち見てくれないね～」

とっさに振り向いた先にいたのは、ゴリラとはまた別種の存在感の持ち主。

「……高瀬か。誰《だれ》かと思った」

「えへへ、偶然」

思いがけない出会いを喜んでいるのか、にこにこ顔の高瀬。

視線を前に戻すと、ガラスの向こうを指差しながら言う。

「あの子がさっき言ってたイケメンゴリラだよ」

「みたいだな」

「前はちゃんと顔見せてくれたのに。今日は機嫌悪いのかなぁ？」

「毎日じろじろ見られて、人間に飽き飽きしてるんじゃないか」

「え〜。そんなひねくれ者じゃないよ〜」

くすくすと笑う高瀬は、そこでやっと気づいたようだ。

「あれ？　下野、ひとり？」

「そう」

「他の人たちはどうしたの？」

事情を手短に説明すると、高瀬は困ったような微笑みを浮かべた。

「そうなんだ。せっかく動物園まで来たのにね」

「今頃《いまごろ》、先生に見つかって怒られてるかもな」

だとしても自業自得だ。

ふんと鼻で笑う水希だったが、高瀬が次の発した一言によって、その余裕の態度は崩されてしまう。

「じゃあ、一緒に回る？」

「え？」

思わぬお誘いに、水希は呆気《あっけ》にとられてしまった。

見たところ、高瀬も単独行動中の模様だ。

行事とはいえ、男女ふたりで動物園を回るなんて、周りにどう誤解されても言い訳できないじゃないか。

「いや、その……」

動揺から言葉に詰まる水希。

その心の内を知ってか知らずか、高瀬がさらっと言ってみせる。

「いま、たまちゃんとふたりで回ってるんだ。一緒にどう？」

「…………」

納得と、少しばかりの落胆が、水希の胸に浮かび上がる。

「……それなら、まぁ、いいけど……」

「よかった。一応、たまちゃんにも確認するね」

こっちだよ、と高瀬が先導する。

言われるがままついていくと、少し離れた場所に藤本が立っていた。

「たまちゃん。下野も一緒に回っていい？」

高瀬が声をかけるも、藤本は真剣な表情で前を見つめるばかりで、一向に返事を寄越さない。

「たまちゃんってば〜」

堪りかねた高瀬が肩を揺すると、やっとのこと反応が返ってきた。

「あ、うん」

いかにもどうでもよさそうな生返事。

どうやら藤本はゴリラに夢中の様子で、水希の存在など眼中にないようだ。

「ねぇ、そろそろ次いこうよ」

ちっとも動く気配のない藤本を、高瀬が催促する。

すると藤本は、相変わらず視線をゴリラに釘付けのまま答えた。

「わたし、集合時間までここにいる」

「え？」

そこで急に、観衆がワッと盛り上がる。

イケメンゴリラが、こちらを振り返ったのだ。

「はぁ……かっこいい……」

まるで推しのアイドルを前にしたファンのように、陶酔しきった表情を浮かべる藤本。

この様子では、どう説得したところで無駄だろう。

「ど、どうしよう……」

「……おれに言われても」

どうしようもないと、水希は返答に困ってしまう。

そこへさらに、高瀬が困った態度を見せてくるのだ。

「わたし、他の動物も見たいし……」

そう言いながら、高瀬がちらちらと視線を向けてくる。

その仕草が、いったいなにを匂《にお》わせているのか。気づけないほど水希も鈍感ではない。

「……まぁ、あとで迎えに来ればいいんじゃね」

ふたりで回ろう。

そうはっきり言えないまでも、ちゃんと自分から切り出せたのだから上出来だ。

「……うんっ。そうだね、そうしよう！」

喜色満面で高瀬が賛同する。

そこに一片の緊張を見て取ったのは、きっと、たぶん、水希の勘違いだった。

第10話　だって、溶けちゃう

動物園で女子とふたりきり。

思春期の男子が、このシチュエーションでなにも意識しないわけがない。

緊張からぎくしゃくとしてしまう水希《みずき》だったが——幸い、それも初めだけのこと。

無邪気に動物園を楽しむ高瀬《たかせ》を見ているうちに、そんな気持ちもすぐに薄れてしまった。

むしろ釣られてテンションが上がり、園内を巡りながら交わす会話も自然と滑らかになっていく。


「シマウマって、近くで見ると結構茶色いよね」

「単に汚れてるだけじゃね」

「あのセイウチ、すごい気持ちよさそうに寝てる」

「休みの日の父親そっくりだ」

「フクロテナガザル！　この子も人気なんだよ。鳴き声がおじさんみたいで――ほら！」

「うお、ほんとだ。……てか迫力やばいな。子供泣いてるぞ」

小さな頃から何度も足を運んできた動物園も、回る相手が変わるだけでずいぶんと新鮮だ。

そのせいで気持ちが舞い上がってしまったのか、冷やかしで入っただけのカフェが併設されたお土産ショップで、水希はついつい財布の紐《ひも》を緩めてしまった。

「ソフトクリームひとつください」

「味はどうされますか？」

「えっと……ミルクで」

「は～い。三百八十円になりま～す」

会計を済ませた水希は、ソフトクリームを受け取って外へ出た。

さっそく一口食べてみると、濃厚なミルクの味わいが口いっぱいに広がる。

言ってしまえば普通のバニラソフトだったが、ロケーションのおかげか何倍も美味《おい》しく感じられ、少々割高な値段も納得だった。

「あ～、買い食いしてる～」

ひとり舌鼓を打っていると、遅れて店から出てきた高瀬に見咎められた。

買い食いが禁止されているのは承知の上だ。水希は素知らぬ顔で聞き流す。

「いけないんだ。先生に見つかったら怒られちゃうよ」

「見つからなきゃいいんだろ？」

証拠隠滅とばかりに、ソフトクリームをぱくつく水希。

「じぃ〜……」

と、クリームが溶けんばかりの熱い視線を向けられていることに気づき、水希は思わず食べる手を止めた。

「……なんだよ」

「自分だけずるい〜」

「なら、自分も買えばいいじゃん」

「お財布持ってきてないもん」

唇をとがらせ、不満そうな顔を作る高瀬。

機嫌を取るには、やはりこの手段しかないだろう。

「……一口だけなら、あげてもいいけど」

「もらう〜！　ありがと〜！」

食い気味に言いながら、高瀬が急接近してくる。その機敏さを見るに、どうやら最初からこれが狙《ねら》いだったらしい。

「近いって……」

「はやくはやく！」

「ったく……これでそっちも共犯だからな。先生にチクるなよ」

「うん。ふたりだけの秘密！」

「っ……約束したからな」

いちいち意識させてくる言動に内心うろたえながらも、水希はビニールを破ってミニスプーンを取り出す。こんなこともあろうかと、カウンターで一本もらっておいたのだ。

「ほら」

一口分だけ乗せたスプーンをそのまま差し出す。

水希としてはスプーンごと渡したつもりだったのだが——どうやらその意図は、相手にうまく伝わらなかったようだ。

「あむっ」

「ちょ……！」

止める間もなく、高瀬がノーハンドでスプーンに食いつく。

図らずも『あ～ん』のかたちになってしまい、水希は驚きで固まってしまった。

「おいし～♪」

「………」

ほっぺたを押さえ、満面の笑顔で喜んでみせる高瀬。

毒気を抜かれた水希は、注意する気持ちも失せてしまう。

「もう一口ちょうだい！」

「……ダメ」

「おねがい！」

「一口だけって言っただろ」

「こんな小さいスプーンじゃ一口扱いにならないよ～」

「なる」

「ならない！」

「なるって」

「な～ら～な～い～！」

子供のように駄々をこね、高瀬が強引《ごういん》にねだってくる。

勢い良く肩まで揺すられてしまっては、水希もお手上げだ。

堪《たま》りかねて降参しようとした――まさにそのときだった。

「っ――!?」

じゃれ合うようだった高瀬の手つきが、急に手加減のないものへと変わる。

なにごとだと仰天する水希に、高瀬は小声で、しかし鋭く言った。

「こっち来てっ」

そのまま訳もわからず、近くにあった顔出しパネルの裏まで連れ込まれてしまう。

「な、なんだよ、急に……！」

「し～っ。静かにっ。見つかっちゃうっ」

そう言いながら、高瀬は顔出しパネルの構造を利用して、空いている部分から外をうかがう。

まさか、先生が見回りにでも来たのだろうか？

水希も同じようにして外を見てみると――そこには、先生以上に顔を合わせたくない人物の姿があった。

「中学生にもなって動物園とか。ありえなくない？」

「ね。ていうか、指定ジャージで外歩きたくないんだけど」

「ほんとそれ～」

大声で盛り上がる、同じ学校の女子集団。

ほとんど知らない顔だが、そのなかにひとりだけ、忘れたくても忘れられない顔が交じっていた。

「てか吉木《よしき》、また告られたらしいじゃん」

「ちょっと〜。誰《だれ》から聞いたの？　情報回るの早すぎなんですけど」

「うっそ！　今度は誰？」

「他校の男子。ほら、この前一緒に遊びにいった──」

声を聞くだけで、この場から逃げ出したくなってしまう。

──吉木。

まさにこの女子こそ、かつて水希を袖《そで》にして、いまだ消せないトラウマを植え付けた、因縁の相手だった。

「それで⁉　ＯＫしたの⁉」

「するわけないじゃん。ただの遊び相手だっつーの」

ゲラゲラと笑いながら、吉木一同がこちらに近寄ってくる。

そうしてショップ前のテーブルにつくと、引き続き談笑を始めた。

「……ふぅ」

ひとまず鉢合わせするのは回避できたが、位置的にいま出ていくと見つかりそうなので、しばらくこのまま息を潜めていたほうがよさそうだ。

ほっと息をついた水希は、そこでふと気になって、隣の高瀬をうかがった。

自分にとっては最も出くわしたくない相手だが、高瀬が過剰に反応した理由がわからない。

どうしてだろう、と疑問に思っていると、タイミング良く答えが呟かれた。

「吹部の子たちだ……」

高瀬と同じく、吉木も吹奏楽部に所属している。周りの女子たちもおそらくそうなのだろう。

同じ部活動の仲間相手に、男子とふたりきりでいる姿を見られたくなかった——理由としてはそんなところか。

「あぁ～、彼氏ほしい～。ねぇ、誰か紹介してよ～」

「はぁ？　それ、わたしになんか得あるの？」

そのまましばらく様子をうかがっていると、事態は思わぬ方向へと向かっていく。

「いいじゃん！　友達でしょ～」

「しょうがないな。そしたら——」

吉木が急にこちらを振り向く。水希はとっさに顔を引っ込めた。

「――あのパネルで変顔したら考えてあげる」

悪ノリそのものな、吉木の提案。

パネル裏に身を隠しているふたりにしてみれば、最悪としか言《い》い様《よう》がない展開だ。

断れ、断れと、水希は名も知らぬ女子に念を送るが――


「わかった！　約束だからね！」


「っ……！」

一転して訪れたピンチに、水希はごくっと唾を飲み込んだ。

このままでは見つかってしまう。どうにかしなければ。

隣の高瀬にアイコンタクトを図ると――意図が伝わったのか、いきなりガシッと腕を摑《つか》まれた。

「こっち」

そのまま手を引かれ、さらに奥へと連れていかれる。

しかしそこは、建物と壁の間に生まれた、ちょっとしたくぼみのような袋小路で、人間ふたりが身を隠すにはいかにも狭い。

しかし他に逃げ場もなく、水希は高瀬と、ほとんど密着するように体をねじ込んだ。

「ご、ごめんね。ちょっとがまんして」

水希の顔の横に両手を突き立てた、いわゆる壁ドンの姿勢で高瀬が言う。

「お、おぅ……」

どうってことない風に返事をする水希だが、その心中は大混乱だ。

密着具合はもちろん、身長差からどうしても高瀬の胸元《むなもと》が目の前にきてしまい、視線の置き所に困ってしまう。

誤魔化《ごまか》すため、手に持っていたソフトクリームを眼前に持ってくるものの——これが余計に事態を悪化させる。

「んっ……」

こんな状況にもかかわらず、ソフトクリームを舐《な》めだす高瀬。

至近距離ということもあって、ぴちゃぴちゃという音まではっきり聞こえてくる。

「お、おい。こんなときに……！」

「だって、溶けちゃう」

確かに、ソフトクリームは溶けかけている。ほうっておけば、水希の手を伝って地面に落ちてしまうだろう。

だからって、こんな。

これは、あまりにも――

「ん……」

「っ……」

「んぅ……」

「っ……！」

溶けかけのクリームを、真っ赤《まか》な舌が舐め取り、すぼめられた唇がすするたび、水希の胸の鼓動は加速度的に早まっていく。

「おら～！　どうだ～！」

「うわ！　こいつまじでやったよ！」

「あはは！　ブッサ！」

表では依然として吉木たちが騒いでおり、まさに八方塞《はっぽうふさ》がりの状況。

――誰か、誰か助けてくれ！

そんな心の叫びが届いた……わけでもないだろうが。

不意に聞こえてきた声が、からくも水希を窮地から救ってくれた。

「こら、なにやってるんだおまえら」

先生だ。

ぎゃあぎゃあと騒ぐ吉木たちを見つけ、注意しにきたに違いない。


「周りの迷惑になるだろう、やめなさい」

「ごめんなさ〜い」

「それと、休憩するなら芝生広場か、屋外の休憩所のどっちかにいくこと」

「はぁ〜い」


鶴の一声によって、吉木たちの声が遠ざかっていく。

——助かった。

危機的状況からなんとか脱出できた水希は、心の底から安堵《あんど》の息をついた。

念のため周囲を確かめてからパネルの外へ出ると、高瀬も後から続いてくる。

「ごめんね」

「いや……」

水希としても、吉木には見つかりたくなかったので、結果的には助けられたかたちだ。

非難する気などさらさらなかったが、それでも高瀬は殊勝な態度を見せてくる。

「わたし、あの子たちに嫌われてるから……」

「そ、そうなのか」

「うん……巻き込んじゃってごめん」

深刻そうに高瀬が呟くものの、いまの水希に人を気遣う余裕はない。

それよりも、高瀬が散々口をつけたソフトクリームの残りをどう処理するかで、頭がいっぱいだった。

「下野《しもの》と――男子とふたりでいるところ見られちゃったら、きっとなにか言われちゃうと思って……」

結局、高瀬が垣間見せた違和感に、水希がなにか気づくわけでもなく。

迷っているうちにすっかり溶けてしまった食べさしのソフトクリームは、惜しくもゴミ箱行きになるのだった。

第11話　なんでおれ

ゴールデンウィークを間近に控えた、四月下旬。

新学期に浮き足立っていた雰囲気も徐々に薄れ、二年B組の教室には、穏やかな日常の空気が流れ始めていた。

先日の課外授業で集団行動をしたおかげか、教室内ではそこここにグループが形成され、それぞれが思い思いの交友関係を作っている様子だ。

スクールカースト、と呼べるほどあからさまなものではないが、やはり類は友を呼ぶというもので、そこには似た者同士で集まる傾向が見て取れる。

目立つ者は、目立つ者同士で。大人しい者は、大人しい者同士で。

「――高瀬《たかせ》さんって、ほんと背が高いよね」

だとしたら、クラスで一番のイケメン男子と同じグループに属するあいつは、世間的には美女という扱いになるんだろうか。

どこのグループにも属さず、ひとりぼっちで休み時間を過ごす水希《みずき》は、ひまも手伝ってついついそんなことを考えてしまう。

「なんセンチあるか、聞いてもいい？」

クラスで一番のイケメン男子――戸川《とがわ》が、落ち着き払った声でそう質問する。

「えっと……」

一方、聞かれたほうの高瀬は、答えたくないのか困っている様子だ。

そのうち、同じ輪のなかにいる友人が答えを引き取った。

「百七十二だっけ」

「たまちゃん！　なんで言うのぉ～……」

「いまさら隠したってしょうがないじゃん」

「うぅ～……」

友人に裏切られてしまった高瀬が、身を縮こめて恥ずかしがる。

そんな高瀬をフォローするように、戸川が言った。

「すごいなぁ。それだけあったら、部活の勧誘とかすごいんじゃない？　バスケ部とか、バレー部とかさ」

「うん……めちゃくちゃされる」

「やらないの？」

体が大きいだけで運動神経は悪いんだよと、なぜか水希は心中で口を挟む。

「運動、苦手だから……」

「そ、そっか」

「それに、吹奏楽部入ってるし……」

顔を伏せ気味で言う高瀬。

盛り上がらない会話をどうにかしようとしてか、戸川が質問を重ねる。

「どんな楽器吹いてるの？」

「チューバ」

「チューバ……」

オウム返しに呟く戸川だが、チューバがどういう楽器か知らない様子で、それ以上の言葉が続かない。

微妙にかみ合わないふたりを見かねてか、藤本《ふじもと》が横から助け船を出した。

「前はサックス吹いてたんだよ」

「へ～！　サックスかぁ。かっこいいね」

しかしとことん歯車が合わないようで、戸川はまたしても地雷を踏んでしまう。

「サックスはもう辞めちゃったの？」

「辞めたくなかったけど……色々あって」

「そ、そうなんだ。それは残念だね」

あきらかに触れてほしくない雰囲気を見せる高瀬に、さしものイケメンも気まずそうだ。

人気のある楽器のパートは奪い合いだからね、と藤本が場を取り繕おうとするが、空気は依然として冷めたまま。

すると、今度はグループ内のもうひとりの女子が、戸川に代わって口を開いた。

「でもさ、めっちゃうらやましい！」

そう言って高瀬に羨望の眼差《まなざ》しを向けるのは、豊かな黒髪をポニーテールに結った、スポーティーな印象の女子。

たしか、今朝丸《けさまる》、という名前だったたか。

話したことはないものの、めずらしい名字なので印象に残っていた。

「なに食べたらそんなに育つの⁉」

「わ、わかんない……。普通に食べてるつもりだけど……」

「むむぅ。となると、やはり遺伝子の問題か……！」

「そ、そうなのかな……」

「あ～あ、わたしもそれだけスタイルよかったら、モデルでもなんでもやれちゃうのにな。

――くそう！　どうせわたしはＤＮＡガチャ負け組だよ！」

せめてソシャゲのガチャくらい勝たせてくれよ～！　と、独特のノリで盛り上がる今朝丸。

そこに、グループの最後のひとりである男子が、軽薄な口ぶりで茶々を入れた。

「いっくらスタイル良くなってもよぉー、顔がそのままじゃ無理じゃね？」

もじゃもじゃとした天然パーマの男子生徒。こちらはたしか、久保という名前だったはずだ。

「おぉん⁉　久保このやろぉ！　ケンカ売ってるのかぁ⁉　上等だこら～！」

「痛って⁉　ちょ、まぁまぁの力で殴るな！　つーかおれ、久保じゃねーから！　大久保《おおくぼ》だから！」

「キサマごときが大久保を名乗ろうなんて百年早いわ！　小久保から出直してこんかーい！」

「どういうシステム⁉」

どうやら本名は久保ではなく大久保らしいが、あまり興味ないので、水希のなかでは変わらず久保として記憶しておく。

ともあれ、以上の五名。

戸川、久保、今朝丸。そこに高瀬と藤本を加えた五人組が、このクラスの最上位グループらしい。

水希の知る限り、高瀬はカースト上位に食い込めるほど目立つ生徒ではなかったはずだが、二年になってそのあたりの位置づけも変わってきたようだ。

確かにここ最近の高瀬は、目立つほどではないにせよ、性格的に明るくなってきた印象を受けるので、ビジュアルのインパクトも相まって男子のなかで噂されているのをよく耳にする。

「………」

かつてはカースト上位にいたはずなのに、いまやぼっちに身をやつしている自分とはまるで真逆だ。

複雑な気持ちを抱えながら、水希はただただ、耳に入ってくる会話に疎外感を覚えることしかできない。

「今朝丸さん、普通に美人だと思うけど」

「まぁ藤本さん！　なんて正直で良い子なんでしょ！」

お世辞ではなく、思ったままを述べたと思われる藤本。

それに対して今朝丸は、大げさに抱きついて感情表現してみせる。

「うれしいぜぇ～、ありがとうよぉ～！」

「どういたしまして」

「ねぇねぇ、私もたまちゃんって呼んでいい？」

「いいよ」

「やったぜ！　じゃあわたしのことは、まるちゃん、って呼んで？」

「それはやめとく」

「なんでさー！」

「言わなくてもわかるでしょ」

「うぅ～ん、いけずぅ！　あたしゃがっかりだよ！」

「ほら、わかってるじゃん」

ふたりのテンポ良いやり取りに、グループ内にどっと笑いが巻き起こる。

そのなかには高瀬の笑いも含まれていて、水希はますます複雑な気持ちを募らせるのであった。


放課後の図書室。

もはや定位置になった一番奥の席に座った水希は、スマホを取り出してＳＮＳの画面を開いた。

「う～ん……」

文面をしばらく考えたのち、いまさっき読み終えたばかりのラノベの感想を投稿する。

『いやー、めちゃくちゃおもしろかった！　十年以上前の作品なのに、そんなの全然気にならないくらい楽しめました！　これは名作ですわ……。続きも読みます！』

SNSの読書アカウント。

最近作ったばかりで、フォロワーの数は知れたものだが、その分フォロワー間での交流は密だ。すぐに反応が返ってくる。

『おもしろそう！　私も読んでみようと思います』

『アニメがまじで神だからそっちも見たほうがいい』

『ぐっ！　解釈違いで最終巻を読めなかった古傷が……！』

なにかひとり業が深そうな輩が交じっているが、それでも反応が返ってくるのはうれしいものだ。水希はひとつひとつに返信していく。

「……よし、こんなもんか」

そうしてあらかた返事を返し、続きの巻を取ってこようと立ち上がりかけたところで——

入り口のスライドドアが音もなく開かれた。

「あ、いた」

やってきたのは藤本だった。

なにやら水希に用がある様子で、とことこ近寄ってくる。

「邪魔してごめんね」

「いや。なに?」

高瀬とよく一緒に行動していることもあり、藤本とも割と話すほうだ。

そのため水希も、幾分かオープンな態度で接するが——それでも藤本が次に発した一言には、動揺を隠すことができなかった。

「下野《しもの》君、今度の日曜ってひま?」

「…………」

用件も告げられず「ひま?」と聞かれてしまうことほど、返答に困る質問はない。

ましてそれが異性からのものとなると、緊張もひとしおだ。

「……なんで?」

警戒も露わに水希が聞き返すと、藤本はあっけらかんとした調子で答えた。

「いや、みんなで遊びに出かけようって話になってさ」

「みんな?」

「あ、みんなっていうのは、戸川君と、大久保君と、今朝丸さん、それに菜央《なお》とわたしなんだけど」

なるほど、リア充グループで遊びに出かける予定を立てたわけだ。

そうなると、ますます自分に関係があるとは思えない。

怪訝な顔を浮かべる水希に、藤本は言った。

「せっかくだし、男女で数揃《そろ》えたいでしょ？　だから下野君、どうかなって」

「……なんでおれ」

どうして自分のようなぼっちが、クラス内でも一番目立っているグループに誘われるのか。

心からの疑問に水希が尋ねると、今度は言葉を少し濁しながら、藤本は答えた。

「普通に友達だからだけど。……う～ん、強いて言うなら、菜央が安心できるから、かな？」

「高瀬が、安心……？」

「うん。あの子って、ああ見えて結構人見知りするところあるんだよね。男子相手だと特に」

高瀬が人見知り。いつもそれとなく話しかけられている身としては、そんなイメージはどうしても湧《わ》いてこない。

「戸川君とも、大久保君とも、最近知り合ったばっかりだし、たぶん緊張しちゃうと思うんだ」

「…………」

「そこに仲の良い下野君がいてくれたら、きっと菜央も安心して遊べるかなぁ～と。そう思ったわけ」

「……別におれ、高瀬と仲良くないけど」

「え？　良いでしょ」

「いや、そんな――」

「この前の校外学習でもふたりで回ってたじゃん」

「………」

そこを指摘されてしまうと、水希も声高には否定できない。

そのまま反論できずにいると、藤本が強引《ごういん》に話をまとめにかかってきた。

「それで、日曜ひま？」

「……いや……」

「どうなの？」

「……まぁ……特に予定はないけど……」

「じゃあオッケーだね」

「ちょ、ちょっと待てって！」

一方的に約束を取りつける藤本。

水希は待ったをかけるが、どうやらもう決定は覆りそうにない。

「まぁまぁ。単なる数合わせだと思ってさ、気軽に参加してよ」

「だったら別に、おれじゃなくても……」

「詳しいことは後でLINEするね」

「聞けって！」

「それじゃわたし、これから部活だから。またね」

「いや、ちょっと……！」

制止もむなしく、藤本は足早に去っていってしまう。

「なんなんだよ……」

ひとり取り残された水希には、もはや諦《あきら》める以外の選択肢は残されていなかった。

第12話　いってきます

約束の日曜日は、すぐにやってきてしまった。

いつもなら昼近くまで惰眠を貪《むさぼ》っている水希《みずき》だが、今日ばかりは早起きして、出かけるための身支度に時間を費やす。

朝一番でシャワーを浴び、前日から吟味を重ねた服に着替え——順調に進んでいた段取りは、しかし最後の最後で行き詰まってしまう。

「くそ……ダメだ……」

洗面台の鏡に映った自分の姿に、水希は失望のため息をついた。

中学生にもなったのだからと、父親のワックスを拝借して初めてヘアセットに挑戦してみたのだが——これがどうにもうまくいかない。

ネットで調べたやりかたをそのまま実践しているつもりなのに、何度試してみてもさっきから失敗続きだ。

「書いてある通りやってるのに……くそっ」

持ち込んだスマホをワックスでべとべとにしながら、水希は悪戦苦闘する。

そのうち、姉の司《つかさ》が洗面台に入ってきた。

「ふぁ～……。あんた、なにやってんの？」

起き抜けなのだろう、盛大にあくびをしながら司が言う。

「ッ！」

思春期の男子にとって、普段やらないような身支度の様子を身内に見られるのは、理屈抜きで恥ずかしいことだ。

髪型が思ったように決まらない苛立ちもあり、水希は声をとがらせて姉を追い出そうとする。

「な、なんでもいいだろ！　出てけよ！」

「顔、洗いたいんだけど」

「っ……」

反抗期とはいえ、水希にも一般的な常識はある。

なにより姉弟の力関係は明白だ。水希は大人しく横にずれて、洗面台のスペースを開けた。

「は、早くしろよ……」

約束の時間が刻一刻と迫るなか、悠長に顔を洗う姉に、水希はイライラを募らせる。

それでも我慢して待っていると――やがて洗顔を終わらせた司が、顔を拭くためにタオルを手に取った。

そして、そのついでとばかりに、洗面台の棚に置きっぱなしだった水希のスマホまで手に取ってみせる。

「ん〜？　なになに？　――『オススメ！　中学生男子向けヘアセット方法』？」

「か、勝手に見るな！」

慌てて取り返すも、中身はばっちり見られてしまったようだ。

意地の悪い笑みを浮かべながら、司がさも楽しそうにイジってくる。

「なんだ〜？　急に色気づきやがってよぉ〜。女の子とデートでもするん？」

「う、うるさい！　ほっとけよ！」

大声で言いながら、水希は司の体を押しのける。

そうして再びヘアセットに挑戦するも、やはり思ったようにはいってくれない。

「へったくそねぇ」

「ほっとけって言ってるだろ！」

むきになった水希は、さらにワックスを追加しようとするが――後ろからひょいと、容器をかすめ取られてしまった。

「なにすんだよ！」

「見てらんない。やったげるから、じっとしてな」

一切《いっさい》の反論を許さない強引《ごういん》さで、司がヘアセットを買って出る。

されるがままの水希だったが――数分後、鏡に映った自分の姿を見て、思わず感嘆の息をもらしてしまった。

「はい、完成。どうよ？」

自然だが、それでいてちゃんとセットしている感が出ている、まさに自分が理想として思い描いていた髪型。

文句などつけようもなかったが——かといって素直に礼を言えるほど、水希も人間ができていなかった。

「……うん」

無愛想に返事をする水希。

それに気を悪くした風でもなく、司は再び茶化してみせる。

「で？　相手はどんな子？」

「はぁ⁉」

「同級生？　かわいい？　教えなさいよ」

「ち、ちがっ！　みんなで遊びにいくだけだし！」

「なんだ、つまんね～の」

そうこうしているうちに、約束の時間が近くなってきた。

洗面所を出た水希は、そのまま急ぎ足で玄関へと向かう。

「ま、あんまはしゃぎすぎないようにね。いってらっしゃい」

スニーカーの紐《ひも》を結んでいたところ、背後から司に見送りの言葉をかけられた。

気持ち的に無視してやりたいところだったが、助けられた手前、あまり素っ気なくしても寝覚めが悪い。

「……いってきます」

なんとかそれだけ言うと、水希は足早に家を出るのだった。


急いで家を出た水希だったが、結局、約束の三十分前には集合場所に到着してしまった。

人と遊びに出かけるのが久しぶりすぎて、少々浮き足だっていたのかもしれない。ともあれ遅刻するよりははるかにましなので、ここはよしとしておこう。

「まだ誰《だれ》も来てないか……」

集合場所である地下鉄から最寄りのコンビニ前には、時間が時間なので、まだ誰の姿も見つけられない。

店内で立ち読みでもして時間をつぶしていようか。

そう水希が考えていると、一台の車が店先に駐《と》まった。

白のレクサス。運転席には、自分の母親と同じくらいの年齢と思われる女性が座っている。

「……？」

その女性になぜか軽く会釈されて、水希はわけがわからないまま、とりあえずお辞儀し返した。

なんだろう、と思っていると――後部座席のドアから見知った顔が降りてきて、水希は事情を理解する。

「下野《しもの》！　おはよう」

高瀬《たかせ》だ。

車を降りるや、駆け足で近寄ってきて、弾んだ声で挨拶《あいさつ》してきた。

どうやらさっきの女性は高瀬の母親だったらしい。おそらく家からここまで、車で送ってもらったんだろう。

「うす」

「他のみんなは？」

「まだみたいだな」

「そっか。お互い早く着きすぎちゃったね。………」

どこかそわそわしながら、親が運転する車を見送る高瀬。

やがて車が完全に見えなくなると、さらに数歩、水希のほうへ近寄ってから言った。

「今日、ごめんね。なんか、たまちゃんが無理矢理誘っちゃったみたいで」

「別に。どうせひまだったし」

「そっか。ならよかった」

ほっとしたように目を細めると、高瀬はそのまま、水希をじぃ～っと見つめてみせる。

「ふふ」

「なんだよ?」

「だって、私服。久しぶりに見るなぁ～って」

「……自分だって私服だろ」

「うん。……へ、変じゃないかな?」

問われた水希は、改めて高瀬の全身を視界に入れた。

花柄のロングスカートに、無地のパーカーを合わせた、バランスの良いコーディネート。

全体的に落ち着いた、大人っぽい雰囲気だが、ショルダーバッグだけはファンシーなキャラ物のデザインで、そのおかげか年相応にかわいらしくまとまっている。

「……いんじゃね」

「よかった。お母さんに選んでもらったんだ」

「さっき車運転してた人か」

「そう。行きだけ送ってもらったの」

「優しい親だな」

「うん。ちょっと過保護だけど」

「いいじゃん。うちの親なんて電車賃すらくれないぞ」

「ふふ、そうなんだ」

水希の自虐ネタに、くすくすと笑みをこぼす高瀬。

そうしてひとしきり笑った後、質問のかたちで言葉を続けた。

「下野は今日、地下鉄で来たの？」

「あぁ」

「なら帰りも、また乗るよね？」

「そうだな」

「ふぅん。そっかそっか」

いったいなんの確認だろうか。

訝《いぶか》しく思っていると、高瀬はすぐに本題を打ち明けてきた。

「わたし、普段あんまり地下鉄とか乗らないから、ちゃんと帰れるかちょっと不安なんだ。だから……」

一瞬だけ言い淀むと、高瀬は伺いを立てるように言った。

「……一緒に帰ってくれる？」

「？　どうせ帰り道、同じ方向だろ」

むしろこの状況で、別々に帰るほうがおかしい話だ。

あたりまえのことを確認してくる高瀬に、水希は逆に戸惑ってしまうが、

「よかった！　ありがと！」

大げさなくらいの喜びように、ともあれ悪い気分はしなかった。

第13話　ガチでやろう

複合アミューズメント施設『アミューズワン』。

様々な室内スポーツに始まり、カラオケ、ビリヤード、ゲームセンターと、多種多様なアミューズメントが一通り楽しめる、グループで出かけるには持ってこいの遊び場だ。

学割が使えることもあり、休日にもなると学生たちが訪れることも多い。

今日の水希《みずき》たちが、まさにその一例だった。


「――パスパスパァァアス！」


まずは軽く体を動かそうと、一同が最初に選んだのはバスケットの3オン3。

高瀬《たかせ》と久保《くぼ》とチームを組んだ水希だったが、経験者ゆえに遠慮してしまい、どうにも積極的にプレイをする気が起きない。

一方、相手チーム――特に今朝丸《けさまる》はやる気を爆発《ばくはつ》させて、アグレッシブにシュートを放っていく。

「ぬお～！　左手はそえるだけシュートッ！」

言わずと知れた名言と共に放たれたシュートは、しかし惜しくもリングに嫌われてしまう。

弾かれたボールは、そのまま高瀬の手中にすっぽり収まり、攻守が逆転した。

「ドンマイ、ドンマイ！　切り替えてこう！」

「自分で言う台詞じゃないよね、それ」

味方の藤本《ふじもと》から突っ込まれながらも、今朝丸は懸命に高瀬をディフェンスする。

しかし――

「えいっ」

高瀬は物ともせず、高身長を活かして悠々とシュートを放ってしまう。

一回では入らないものの、ゴール下を陣取ってしまえば、身長差があるのでリバウンドは取り放題。完全に高瀬の独壇場だ。

「うお～！　届かん～！」

「えっへっへ」

もはや単なる玉入れ遊びと化したやり取りに、本人たちすら笑ってしまっている。

そうして、都合何度目かもわからないチャレンジのすえ、ついにボールがリングに吸い込まれていった。

「入った！」

「ぐぬぬ、才能の暴力……！」

「チートだねー」

ルールを知らない素人同士で行うバスケットにおいて、身長の高さは圧倒的なアドバンテージだ。

だが今朝丸は諦《あきら》めきれない様子で、コート上に転がったボールを再び拾った。

「なんのまだまだ！　諦めたらそこで試合終了ってなもんよ！」

威勢良く言うものの、自分では敵《かな》わないと踏んだか、仲間の男子にボールをパスする。

「目には目を、高さには高さを！　ゆけい！　戸川《とがわ》！」

高瀬も長身だが、戸川も負けじと長身だ。マッチアップにはうってつけの相手だろう。

だが、これはこれで、初めから勝負にならなかった。

「む、無理……」

男子相手に怯《おび》えてしまったのか、高瀬はコートの端に逃げていってしまう。

「あはは……」

拒絶されたかたちの戸川は、どこか残念そうな様子だ。

「ようし、チャンスだ！　決めたらんか～い！」

威勢の良い今朝丸の声に、戸川がしかたなさそうに動きだす。

と、そこに立ちはだかる姿があった。

「おっと！　そうはさせねえぜ」

久保だ。

戸川と同じくサッカー部に所属し、ポジションはキーパーという話なので、腰を落として両腕を広げた姿勢にはどことなく雰囲気がある。

「賭《か》けようぜ。負けたほうがジュースおごりな」

「いいね。ルールは？」

「三本先取。ミスったら交代」

「オッケー」

男同士のノリで盛り上がる両者。

互いにバスケットは未経験のようだが、そこは運動部の人間、動きそのものは悪くない。

実力は互角。体格もそこまで差はない。

となれば、勝敗を分けるのはセンスだろう。

どちらがよりセンスがあるか。経験者の水希が見るに、味方の久保には申し訳ないが、それは間違いなく戸川のほうだ。

そして数分後——予想通り、軍配は戸川に上がることとなった。

「っだぁ～！　くそ！」

「悪いな久保。ごちそうさま」

「悪いな久保！　わたし、ファンタグレープな！」

「便乗すんなや今朝丸！　つーかおれ、久保じゃねーから！　大久保だから！」

いつも通りのイジりを受けながら、久保がボールを拾い上げる。

「悔しいぜ……。高瀬さん！　かたきを討ってくれ！」

「えっ？」

言葉と一緒に飛んできたボールを、高瀬がとっさにキャッチする。

しかしおろおろするばかりで、かたきどころか、ドリブルのひとつもすることができない。

「パスっ」

やがてプレッシャーに負けてしまい、高瀬はボールを味方にパスしてしまった。

そうなると次に困るのは、パスを受け取った味方のほう──水希のほうだ。

「下野《しもの》君も賭ける？」

前方に立《た》ち塞《ふさ》がった戸川が余裕綽々《しゃくしゃく》で言ってくるも、水希としてはやはり乗り気になれない。

適当にシュートを放って、それで終わりにしてしまおう。

そう思っていたところに、聞き捨てならない言葉が聞こえてくる。

「へいへ～い！　その身長差じゃ勝ち目ないぜぇ～？　怪我《けが》する前にパスしたほうがいいんじゃないのぉ～？」

今朝丸の野次。

もちろん冗談だとわかっているが、身長のことを言われてしまうと、どうしてもむっとしてしまう。

「………」

水希はさっと視線を横に向ける。

そこにあるのは、期待にか心配にか、はらはらとしながら自分を見つめる高瀬の姿。

それが決め手になった――わけではないが。

格好をつける理由には、十分すぎた。

「……賭けはいい。その代わり」

「うん？」

「ガチでやろう」

「………」

戸川は一瞬、きょとんとした表情を見せると、次の瞬間にはニヤリと笑みを浮かべた。

「真剣勝負か。いいね」

ぐっと腰を落とす戸川。

それを確かめた水希は、半身に構えてドリブルをつく。

初めはゆっくりとしたペースで間合いをはかり――ここ、というタイミングでギアを上げた。

「うおっ⁉」

レッグスルーで持ち手を変えてからの、鋭いドライブ。

面食らって声を上げる戸川だったが、それでもさすがの運動神経を発揮して、しっかりとディフェンスしてくる。

それならばと、水希は急ブレーキ。

まるで手にボールが吸いついているような、見事なポケットドリブルでフェイクを入れると、さしもの戸川もついてこれなかったようだ。

マークを振り切ってフリーになった水希は、そのまま悠々とレイアップを沈めた。

「っし」

まずは一本。

完全にプレイヤーとしてのスイッチが入ってしまった水希は、すぐに次のプレーへと移るべく、ボールを拾って振り向く。

しかし――

「…………」

そこにあった一同の、呆気《あっけ》にとられた表情を見て、自らの失敗を自覚した。

数合わせで連れてこられただけのヤツが、なにを調子に乗っているのか。

せっかくの楽しいムードが、これでは台無しじゃないか。

ただひとり、高瀬だけがパチパチと拍手してくれているも、居たたまれない気持ちがそれで解決するわけもない。

やらかしてしまった。

後悔する水希だったが――どうやらそれは、幸いにも早とちりで済んだようだ。


「――なにいまの⁉　すごくない⁉」

「――キレキレじゃねーか！　っぱねぇな！」


今朝丸と久保が、瞳《ひとみ》を輝かせながら詰め寄ってくる。

思いもしなかったリアクションに、今度は水希が驚かされてしまった。

「下野君、もしかして経験者？」

「……一応」

「なるほど、どうりでうまいわけだ！」

白い歯を見せて爽《さわ》やかに笑ってみせる戸川。

一方的にやられたというのに、そこには一切《いっさい》の悪感情が見て取れない。

「こいつぅ～！　先に言えよぉ～！」

「なぁなぁ、さっきの足くぐらせるやつ、どうやんの？」

「ぼくも知りたいな」

どうやらアウェイだと感じていたのは、自分の勝手な思い込みだったようだ。

「えっと……ドリブルはV字を意識して——」

たとえカーストが違っていても、そこには必ずしも差別が生まれるわけじゃない。

対等な立場でコミュニケーションを取りながら、水希は己《おのれ》の狭量さを恥じるのだった。

第14話　そうだね

トイレの洗面台で手を洗いながら、水希《みずき》はふと、鏡に映る自分の表情に目をとめた。

出がけに髪をセットしていたときは、どこか険しい顔がそこにあったはずなのに、いまやそれは鏡のなかのどこにも見つけられない。

いたって自然で――むしろ、機嫌が良さそうに見える。

「…………」

初めこそ気が乗らなかったものの、蓋を開けてみれば、水希はすっかりグループに溶け込むことができていた。

かつての友人たちと縁を切って以来、こういう機会もめっきり減ってしまっていたが、久しぶりに体験してみると、良いものだな、と改めて思わされる。

自ら選んだぼっちの道だが、それは決して、好き好んで選んだ道じゃない。

親しい友人たちから裏切られ――なにより、自分の意固地さから招いてしまった結果だ。

辛《つら》いとは思わないけれど、寂《さび》しいとは、正直思う。

素直になれないだけで、人並みに青春を謳歌したいという気持ちは、水希のなかにも残っているのだ。

「……はぁ」

そんなことを考えている自分がどうにも照れくさく、水希は物憂げにため息をついた。

ともあれ、今日のところは変に意識せず、平常心で楽しもう。

そう心に決めて、一同が待つゲームセンターコーナーまで戻ると――ふと気になる姿を見つけて、水希は足を止めた。

「むう～……！」

高瀬《たかせ》だ。

ひとりでクレーンゲームの筐体に向き合うその姿は、トイレにいくときも見かけたが、どうやらまだ粘っているらしい。

「いくら注《つ》ぎ込《こ》んでんだよ」

「わっ！　びっくりした」

後ろから声をかけると、高瀬はビクッとしながらこちらを振り向いた。

そうしてはにかみながら、悔しさをのぞかせつつ言ってみせる。

「難しいんだね、これ。ぜんぜん取れないや」

どうやら今日がクレーンゲーム初挑戦らしく、苦戦しているようだ。

コインを投入して再チャレンジするが、またしても失敗に終わってしまう。

「あ～、またダメだ！」

「いい加減あきらめろよ」

「でも、このぬいぐるみ、絶対ほしいんだもん」

そう言って高瀬が物欲しげな視線を送るのは、黄色い体に紫のシャツをまとった、かわいらしいクマのぬいぐるみ。

かなり大きめのサイズなので、初心者が挑むには難易度が高いのかもしれない。

「あ～！」

再び挑戦するも、失敗に悲鳴を上げる高瀬。

ついに小銭が切れたようだが、まだまだ諦《あきら》めきれない様子で、財布のなかから新たな紙幣を取り出してみせる。

「……ちょっと代われ」

これ以上は見ていられないと、水希は高瀬をどかして、自前でコインを投入した。

特別クレーンゲームが得意というわけでもないが、まるきり初心者な高瀬にやらせるより、はるかに勝算はあるだろう。

その目論見は、幸いにも的中することになった。

「お……」

「あっ！　あっ！　いい感じ！」

しっかりと食い込んだアームが、ぬいぐるみを持ち上げる。

そうして、ゆらゆらと揺れながらも、プライズは無事、排出口まで運ばれていった。

「やった」

「すご〜い！　一回で取れた！」

「ほら」

ぬいぐるみを取り出した水希は、そのまま高瀬へと手渡す。

しかし、

「え、もらっていいの？」

なぜか遠慮して、高瀬はすぐに受け取ろうとしない。

水希にしたら意味不明な態度だ。思ったまま返事をする。

「当然だろ。そのために取ったんだから」

「………」

「なんだよ？　いらないのか？」

「う、うぅん！　いる！」

念を押して言うと、きょとんとしていた高瀬は一転、慌てた様子でぬいぐるみを受け取った。

「うわぁ、おっきい」

巨大なぬいぐるみも、長身の高瀬が抱えると丁度いいサイズ感だ。

愛おしげにクマを抱きしめながら、感謝の言葉を口にしてみせる。

「ありがと。大事にするね」

「お、おぅ……」

屈託《くったく》のない笑顔を真正面から向けられて、水希はたまらず目をそらした。

逃げるようにその場を移動するも、高瀬はしっかり後からついてきて、お構いなしに会話を続けてくる。

「クレーンゲームの動画、よく見てるんだけどなぁ。自分でやってみると同じようにいかないもんだね」

「そりゃそうだろ」

「あ、そうだ。この子の名前、なんにしよう?」

「ぬいぐるみに名前つけるのか……?」

「え、つけないの?」

「いや、知らないけど」

「下野《しもの》が考えて！」

「なんでおれが……」

「だって、取ったの下野だもん。この子のお父さんだよ」

言いながら、高瀬はぬいぐるみの両手をふりふりしてみせる。

K

「………」

しばらく考えたすえ、水希は答えた。

「じゃあ、シャックで」

「なんでシャック？」

「デカいし、レイカーズカラーだから」

「？」

あきらかにわかっていない様子の高瀬だが、ネーミング自体には納得したようだ。

再びぬいぐるみを操《あやつ》りながら、今度は声まであててみせる。

「ぼく、シャック。よろしくね、パパ！」

「だれがパパだ」

「パパ、さっきのバスケット、かっこよかったよ！」

「……おまえ、そんときまだケースの中にいただろ」

「あはは、そうだった」

照れ隠しのためか、高瀬は笑ってみせる。

「……ふん」

それに対して、水希は仏頂面で応《こた》えた。

もちろん、これも照れ隠しだった。

勢い良くリリースされた12ポンドのボールが、レーンを真《ま》っ直《す》ぐ転がっていく。

これは良い手応えだ──水希がそう感じた通り、ボールは十本のピンを全《すべ》て弾《はじ》き飛ばし、カコーンと小気味良い音を場内に響かせた。

「うしっ」

久しぶりに遊ぶボウリングだったが、幸い腕は鈍っていなかったようだ。

満足して席へ戻ると、今朝丸《けさまる》がすっかり打ち解けたテンションで出迎えてくる。

「いぇ～い！　ナイッス～！」

両手を高く上げて、ハイタッチを求めてくる今朝丸。

「……お、おぉ」

女子との接触にいちいち抵抗を覚えてしまう水希だが、わざわざ席を立たれては無視もできない。

自意識と理性がせめぎ合った結果、手を叩《たた》くというよりも、そえるようにタッチする。

「あはは！　ハイタッチヘタクソな～！」

「う、うるせ……」

恥ずかしい思いをしながら、水希は席に座る。

すると、今朝丸も隣に腰かけ、そのまま喋《しゃべ》りかけてきた。

「下野君、なにげに運動神経いいよね！」

「……どうも」

「バスケ経験者なんだよね？　いまもやってるの？」

「いや、いまはやってない」

「じゃあ帰宅部？」

あぁ、と頷《うなず》くと、今朝丸がなにやら、瞳《ひとみ》にあやしい色を浮かべてみせる。

「ほっほ〜う？」

そうしてさらに距離を詰めてくると、熱っぽい口調で言った。

「なら、サッカー部とか興味ない？」

「サッカー部？」

「うん。わたし、っていうかここ三人、サッカー部なんだよね。どうどう？　興味ない？」

「いや、その……」

突然の勧誘にも驚きだが、それよりも近すぎる距離感にどぎまぎしてしまい、水希はしどろもどろになってしまう。

「……サッカーは、なんか、よく知らないってか……ほとんどやったことないし……」

「未経験でもぜんぜんいいよ！ そうだよね？」

今朝丸が水を向けると、戸川《とがわ》と久保《くぼ》がそれぞれ頷いた。

「それだけ動けるのに帰宅部とか、絶対もったいないって！ 一緒にサッカーやろうよ！」

「いや……そんな、いきなり言われても……」

ぐいぐい迫ってくる今朝丸に、水希は色々な意味で陥落《かんらく》寸前だ。

すっかりたじたじになっていると――向かいの席に座る高瀬が、突然がばっと立ち上がった。

「し、下野っ」

「な、なに？」

「あ、その……」

自分から声をかけておきながら、答えあぐねる高瀬。

そのうち、抱えていたクマのぬいぐるみ――シャックをずいと突き出してきた。

「次、わたしの番だから。預かってて！」

「は？」

隣の藤本《ふじもと》に預ければいいだろ。そう提案する間もなく、水希は無理矢理シャックを押しつけられてしまう。

「よ～し！」

そうしてボールを手にした高瀬だったが、どうやらボウリングも初心者だったようで、投じた一投はあえなくガターになってしまった。

「あはは、ダメだった。ボウリングって難しいね」

残念そうに言いながら、高瀬が席に戻ってくる。

しかし元の場所には戻らず、なぜか水希の隣に腰かけてきた。

「今朝丸さんは、サッカー部なんだね」

「そうだよ！」

「マネージャー？」

「ううん、選手！　男子に交じってやってるんだ」

「へ〜、すごい」

自分を挟んで会話を始める女子ふたり。

文句を言いたくても言えない状況の水希は、ただただその場で縮こまることしかできない。

「高瀬さん、ボウリングやったことないの？」

「うん、今日が初めて」

「そうなんだ！　ゲーセンも初めて遊んだって言ってたし……もしかして、高瀬さんってお嬢様なの⁉」

「そ、そんなことないよ。普通、普通だってば」

「ていうか高瀬さん、運動できそうに見えてぜんぜんできないの意外すぎ！」

「言わないで～」

ふたりが盛り上がれば盛り上がるほど、水希の居たたまれない気持ちは強くなっていく。

ついに耐えきれず、席を立ってしまった。

「……ちょっと飲み物買ってくる」

そう言って場を離れるも、胸の鼓動はなかなかおさまりそうもない。

ただでさえ日頃から、近すぎる高瀬の距離感に困らされているのに、そこに今朝丸まで加わっては、水希としてもお手上げだ。

一般的に男性よりも女性のほうが、パーソナルスペース——他人が自分に近づくことを許せる範囲——が狭いものらしいが、あのふたりに限っては特にその傾向が強いのかもしれない。

「少しは自覚しろよな……」

多感な思春期の男子にとって、意識するなと言うほうが無理な話だろう。それほどに異性の存在は特別だった。

「……あ」

ほとほと困り果てながら自販機へ向かう、その途中。水希はそこでやっと、シャックを抱えっぱなしだったことに気づく。

別に持ち逃げする気もないが、こんなファンシーなぬいぐるみを抱えながら歩き回れるほどメンタルが強くない。

高瀬に返却すべく、すぐに取って返すが――この判断が、最悪のタイミングを招くことになる。

「――高瀬さんって、下野君と付き合ってるの？」

遠くからでもはっきりと聞き取れる、今朝丸の良く通る声。

その一言で、一気に意識を持っていかれてしまった水希の耳は、続く高瀬の返答もしっかり聞き取ってみせる。

「え⁉　つ、付き合ってないよっ」

「そうなの？　ふたり仲良さげだから、てっきり」

「と、友達だよ。ただの友達」

ただの友達。

その通りだ、なにも間違っちゃいない。

「付き合っちゃえばいいのに～、うぃうぃ～！」

「む、むりむり！」

「えー、なんで？」

ここで話に割り込めば、被害はまだ最低限で済んだだろう。

けれど水希は、足を動かすことができなかった。

「あ、もしかして身長差あるから？」

「えっ？」

「やっぱり彼氏にするならさー、最低でも自分と同じくらいの身長はほしいよね！　じゃないと並んで歩いたときにちょっと恥ずかしいもん！」

過去のトラウマを思い出させる今朝丸の持論に、水希は苦々しい気持ちを覚える。

しかし、それ以上に水希を傷つけたのは、続く高瀬の言葉だった。

「……そ、そうだね」


「っ……！」

そうだね。

なんでもない、ただの相づちとしての言葉だ。

だというのに、そうだとわかっているのに。

どうしてだろう、水希はその一言に、心臓を鷲掴《わしづか》みにされたような感覚を覚えてしまった。

「………」

単なる不快感とか、苛立ちとは毛色が違う、この感じを自分は知っている。

あのときも、一年前のあのときも、同じだった。

この感情の正体は、そう――失望だ。

「だってさ、久保！　あんたは脈なしだって！」

「え⁉　告ってもないのに振られた⁉」

くだらない冗談に笑い合う一同の声が、遠く聞こえてくる。

ひとりだけその輪のなかに加われないまま、水希はただただ、唇をきつく嚙《か》みしめるのだった。


「じゃ、また明日。下野君、今日来てくれてありがとね」

夕暮れの帰り道。

分かれ道で藤本を見送った水希は、そのまま足早に歩きだした。

「ばいば～い。――あ、待ってよ」

高瀬が急いで後を追いかけてくるも、水希は歩みを緩めようとしない。

ボウリング場で聞いた言葉が尾を引いてしまい、どうしても気持ちがささくれ立ってしまっていた。

一緒に――並んで歩きたくない。

しかし、水希のそんな気持ちなど知るよしもない高瀬は、いつもの近すぎる距離感で話しかけてくる。

「今日、楽しかったね」

「…………」

「バスケットって、やっぱり難しいや。下野、よくあんなに上手《うま》くできるね。すごい」

「…………」

「シャックね、あそこのゲームセンターでしか取れない限定品なんだって。他にもそういうの、あるらしいよ」

「…………」

「ボウリング、結局一本もたおせなかったな〜。悔しい！」

「…………」

「今日はスカートだから無理だったけど、今度はゴーカートに乗ってみたいな。また一緒に遊べたらいいね」

「…………」

さすがにここまで無視されたら、高瀬も不思議に思うだろう。

シャックに喋らせるかたちで、水希の内心を尋ねてくる。

「パパ、なんだか元気ないね？　どうしたの？」

「………」

なんの悪意もない、ボタン仕立てのつぶらな瞳が、どうしようもなく心を波立たせる。

堪《たま》りかねた水希は、ついに辛辣な言葉で沈黙を破った。

「……別に無理して絡《から》んでこなくていいけど」

「え……」

「学校でも。仲良い友達とだけつるんでればいいじゃん」

「……なんでそんなこというの？」

「……なんでって」

理由は、わかり切っている。

自分が、ひねくれているからだ。

それをわかっていても素直になることができない、己《おのれ》の不器用さが嫌になる。

「……おれがとなりにいたら、恥ずかしいんだろ」

水希はぽつりと、本音の片鱗を呟く。

高瀬には、思い当たる節があったようだ。

「聞いてたの？」

「………」

「ちがう、ちがうの。あれは……空気、悪くしたくなくて……それに――」

沈痛な面持ちで、言葉に詰まる高瀬。

水希は罪悪感に駆られるものの、いまさら引っ込みはつかないと、半ば自棄になって続ける。

「別にいいんだよ、無理にかまってくれなくても」

「そんなこと……」

「好きでひとりでいるんだし」

「…………」

「同情されても、惨めなだけだ」

吐き捨てるように言って、水希はさらに歩調を早める。

これ以上、ほんとうに惨めな自分の姿をさらしたくなかった。

「待って――」

高瀬が慌てて追いかけてくる。

ふたりの肩が再び並んだ――そのとき。

「おい、いまの見た?」

偶然すれ違った、高校生と思しきグループが、最悪としか言いようがないタイミングでふたりを冷やかしてきた。

「すげー身長差」

「な。ウケる」

げらげらと笑い合う声が、ただでさえ気まずい空気をより気まずくさせる。

その張り詰めた雰囲気は、もはや一触即発といって差し支えない。

「あの、下野——」

「もういいって！」

捨て鉢になって、水希は叫ぶ。

後悔するとわかっていても、いまは叫ばずにいられなかった。

「おまえみたいなデカ女がそばにいたら、こっちが恥ずかしいんだよ！」

こんなひどい言葉を、高瀬はどんな表情で受け止めているだろう。

気にはなっても、確かめる勇気がなくて、水希は顔を上げることができない。

「っ……」

ほんとうはこんなこと、言いたいわけじゃないのに。

居たたまれない気持ちが、水希の足取りをさらに急がせる。

今度こそ、ふたりの肩が並ぶことはなかった。

第15話　自分で考えて

一晩明けても、水希《みずき》の気持ちが晴れることはなかった。

ただでさえ憂鬱《ゆううつ》な月曜日の朝が、いつにもまして憂鬱に思え、自然とため息が口をついてしまう。

「……はぁ」

悩みの種は、言うまでもない。

先日の、高瀬《たかせ》との一件だ。

『お前みたいなデカ女がそばにいたら、こっちが恥ずかしいんだよ！』

思い出すだけでも自己嫌悪に陥《おちい》ってしまう、最低な一言。

きっかけが相手のほうにあるといっても、暴言を吐いてしまった事実が許されるわけでもない。

自分が失望を感じたように、高瀬もまた、自分に対して失望を感じたことだろう。

「…………」

こんなひどい言葉を投げつけておいて、いまさらどんな顔をして高瀬と接すればいいのか。

いいや、そもそも。

再び接する機会が、この先またあるのだろうか？

高瀬はもう、自分に愛想を尽かしてしまったのでは――

「朝っぱらから辛気《しんき》くさい顔してるわね～」

あれこれ考えながらトーストをかじっていたところ、姉の司《つかさ》が朝食の席に姿を見せた。

「しゃきっとしなさいよ、しゃきっと」

対面に座り、朝一番から小言を言ってくる姉に、水希はぼそっと言い返す。

「……うるさいな」

「お？　反抗期か？」

「……ちっ」

「うわ。こいつ、聞こえるように舌打ちしやがった」

弟の反抗的な態度を鼻で笑いながら、司は独り言のように呟いてみせる。

「はぁ～、やだやだ。この頃めっきり生意気になっちゃってさ」

「………」

「中学に上がる前までは、素直でかわいい自慢の弟だったのに。どうしてこうなっちゃったのかしらね？」

「…………」

徹底的に無視を決め込む水希。

その態度が、逆にわかりやすかったのだろう。自分の分のトーストを手に取った司は、いただきますの代わりにこう言った。

「なんか悩み事？」

「は？」

いきなり図星を指された水希は、さすがに反応してしまう。

「な、なんだよ急に……」

動揺に震える声でそう言うと、自信満々の言葉が返ってきた。

「何年あんたのお姉ちゃんやってると思うの？　顔見りゃだいたいわかるっての」

「…………」

「それで？　話ぐらい聞いてやるけど？」

偉そうな姉の態度に腹が立つ一方、頼りになる気持ちも覚える。

それに司は、相談を持ちかける相手として、身内であるという理由以上に的確かもしれない。

言葉を慎重に選びながら、水希は言った。

「……姉ちゃんって昔、よく男子にからかわれてたよな」

「ん？　まー、そうね。男女とか、イケメン女とか、それっぽいのはよく言われてたかな」

美人の類いだが男っぽい顔立ちの司は、子供の頃から度々、そのボーイッシュな外見を異性にイジられてきた経験の持ち主だ。

毛色が違うものの、人並みに女の子扱いされない苦悩は、高瀬と通じるものがあるかもしれない。

「そういうのって、言われたら……どういう気分……？」

「そりゃ傷つくわよ。いちおう女の子ですから」

「………………」

「なに？　女の子に悪口でも言ったん？」

先回りして核心に迫ってくる司。

決まりが悪い水希は、言い訳がましく答える。

「悪口ってか……なんかちょっと、気持ちの行き違い的な……」

「気持ちの行き違い。ぷぷぷ」

「な、なんだよ！」

「ごめんごめん。青春してんなぁ～って」

仕切り直すようにトーストをかじると、司は事の詳細を求めてくる。

「で？　具体的には？」

「……母さんに言うなよ」

「言わないって」

「絶対だぞ！」

「わかってるって。約束する」

「……昨日、同級生の女子に――」

なんだかんだで姉弟の絆《きずな》があるのだろう。

悩みを打ち明ける弟の話に、姉は黙って耳を傾ける。

やがて話を聞き終わった司は、ため息混じりに言った。

「デカ女か。そりゃまたひどい言い草ね」

「……おれ、どうしたらいいかな」

「どうしたらって、そんなの謝るっきゃないでしょ。悪いことしたって自覚があるんならさ」

司の助言は的を射ていた。

しかし、そうやって理屈で割り切れないこそ、自分は頭を悩ませ、恥を忍んでまで相談しているのだ。

「…………」

黙りこくる水希の態度を不服として受け取ったのか、司が少し険のある声で言う。

「なに？　向こうから謝ってほしいの？　自分のほうが被害者だって？」

「そ、そんなこと思ってない！」

さすがにそこまで被害者意識にとらわれてはいない。

唾を飛ばす勢いで否定すると、思わぬ言葉が司から返ってきた。

「だよね。あんたはそんなやつじゃない」

「え……」

「あんたは、人が痛いって思ってるときに、自分も同じように痛いって思える、そういう人間だもん。昔っから」

「………」

聞きようによっては、歯が浮くような言葉だった。

しかし、どうしてだろう。司が口にしたその言葉は、単なる慰めなんかじゃない、とても血の通った言葉のように聞こえた。

「……な、なんだよ、それ……」

「ま、中学生になってかわいげはなくなっちゃったけど」

「はぁ⁉　か、かわいげなんて、元からねーよ！」

「けっけっけ。そうやってむきになるところは、まだまだかわいいじゃん？」

「ぐっ……！」

すっかり翻弄されてしまい、水希は悔しさに歯がみする。

そんな弟の姿を尻目《しりめ》に、司は朝食を平らげると、空になった食器を手に席を立った。

「チビでもなんでもいいじゃない。堂々としてりゃ、コンプレックスも立派な個性ってなもんよ」

そうして食器をシンクに突っ込むと、去り際、水希の肩をぽんと叩《たた》いて言い残す。

「昔のあんたなら、こんなときどうしてただろうね。そこんとこ、ちょっと考えてみたらいいんじゃない？」


家を出て、登校する間も、水希は悩みを絶やすことができなかった。

司に言われた通り、昔の自分ならどうするか試しに考えてみるものの——そもそもこんな失態はおかさないはずだ、という身も蓋もない結論に至ってしまう。

昔の——小学生時代の自分は、いまでは考えられないほど正義感にあふれる少年だった。

異性に対して悪口など絶対に言わず、どれだけ周りの連中が女子をからかっていようと、自分だけは頑《かたく》なに仲間に加わらない。

むしろ、女子をからかう男子のほうを厳しく注意していたほどだ。

そういう自分の性格は、基本的には変わっていないと思う。

しかし、中一の夏に経験した失恋のショックが、どうしようもなく自分を歪《ゆが》めてしまったのだ。

こんな卑屈な人間になりたかったわけじゃない。

かつての自信あふれる姿に戻りたいと強く思う。

それでも、外から加えられた力によって歪んでしまった自分のかたちを、内側から変えようとするのはとても困難なのだ。

なぜならそれは、現在の自分を否定することに他ならないのだから――

「――っ!」

考えに耽りながら、昇降口で上履きにはきかえていたところ、水希は何者かに背後から肩を叩《たた》かれた。

ぼっちの自分に接触してくる人間は数少ない。そのなかでも気軽に触ってくるような相手といえば、候補もかなり限られてくる。

まさか、という気持ちで恐る恐る振り向く。

するとそこには――くっきりとえくぼを作った、まばゆいばかりの笑顔があった。

「おいっす~!」

「っ……今朝丸《けさまる》か」

声をかけてきたのは、クラスメイトの今朝丸だった。

安心したような、残念なような、どちらにせよ拍子抜けの結果に、水希はほっと息を吐く。

「うむ！　今朝丸だ！　おはまる〜！」

言いながら、今朝丸はえくぼを強調するように、両手で作ったＯＫサインを頬《ほお》にそえてみせる。持ちネタなのか、やり慣れている様子だ。

「……っはよ」

とてもじゃないが、今日はこのテンションに付き合える余裕はない。

かたちだけの挨拶《あいさつ》を返した水希は、喋《しゃべ》りかけてくるなと言わんばかりに視線をそらすが
――そんなことはお構いなしに、今朝丸はずけずけと会話を続けてくる。

「元気ないね〜。朝、苦手なの？」

「……ちょっと寝不足で」

「なに⁉　それはいけませんなぁ、ちゃんと寝ませんと！」

「少しは寝たよ……」

「わたしなんて、一日八時間ばっちり眠ったうえに、授業中に居眠りまでしますから！」

「……居眠りはダメだろ」

「勉強よりも大切なことって……あるじゃん？」

「それ、先生にも同じこと言ってみろよ」

今朝丸のコミュ力のおかげか、なんだかんだで会話が成立してしまう。

そのまま一緒に教室へ向かっていると、今朝丸が不意に話を切り出してきた。

「ところで昨日の話、考えてくれた？」

「昨日の……なに？」

「サッカー部！　入らないかって話」

「あぁ……」

そういえばそんな話を持ちかけられていたな、と水希は思い出す。

サッカー部。正直、あまり気乗りがしない。

サッカーは、テレビで代表の試合をたまに観戦するぐらいで、自分でプレイしたいとまでは思えないのだ。

「まだ仮入部期間だし、入部するならいまがチャンスですぜ！」

「……でも、二年から始めても、いまさらって感じだし……」

「人間関係的なこと気にしてるの？　だったら大丈夫！　うちの部、アットホームな雰囲気だから！　もう家族のごとしだから！」

「いや……そういう問題じゃ……」

「まぁまぁ、旦那！　そう意固地になりなさんな！」

「………」

意固地になるな。

単に流れのなかで出た一言だったが、いまの水希にとって、それはとても苦い言葉に聞こえた。

だからこそ、というわけでもないが、ついつい今朝丸の勢いに押されてしまう。

「じゃあさ、とりあえず体験入部でもしてみない？　雰囲気ぐらい味わっても損はしないでしょ！」

「……それなら、まぁ」

「お、言ったな！　じゃあさっそく、今日の放課後とかどう？　空いてる？　空いてるよね？その顔は空いている顔だ！」

「どんな顔だよ……」

「へへ。物は試しっていうしさ、意外とサッカー、性に合うかもよ！」

満足げにそう言うと、今朝丸はひとり、教室に飛び込んでいってしまった。

「……強引《ごういん》なやつ」

サッカーに興味はなかったが、運動して汗を流せば、この悶々とした気持ちも少しは晴れるかもしれない。

アットホームな雰囲気らしいし、気晴らしには丁度いいか。そう自分を納得させた水希は、サッカー部への体験入部を決めるのだった。

結論から言えば、アットホームな雰囲気というのは嘘《うそ》だった。

「おらおらどしたぁ！　足動いてないぞぉ！」

「ぬおお！」

キーパーの練習メニューなのだろう。ユニフォーム姿の今朝丸が次々とボールを蹴《け》り込み、それをゴール前の久保《くぼ》が受け止めている。

「ステップ踏みすぎだー！　際《きわ》どいとこは踏ん切りつけて飛びこまんかーい！」

「わぁってるよちくしょう！　もう一本！」

グラウンドで繰り広げられるガチな練習風景を眺めながら、水希は思う。これでアットホームと言い張るなら、昔のスポ根アニメのスパルタ教育家庭に毒されているな、と。

ただ、さすがに体験入部しただけの人間にそこまでの練習を課すほど厳しくはないようだ。猛練習するグループから離れ、一対一での初歩的なパス練習をこなしながら、水希は当初の思惑通り、軽い運動で気分をリフレッシュする。

「ほっ」

足の内側を使って、ボールを押し出すような感覚で。

教えられた通りのフォームで蹴り出すと、ボールは狙《ねら》い通り、練習相手の方向へと転がっていった。

少し勢いをつけすぎたかもしれない。そう心配したものの、経験者にはなんの問題もなかったようだ。

パートナーを買って出てくれた戸川《とがわ》は、水希のパスを余裕でトラップすると、質問と一緒にボールを蹴り返してくる。

「サッカーはやってたの？」

「いや、遊びでたまにってレベル」

「そうなんだ。でも筋いいよ」

お世辞だとしても、褒められて悪い気がするわけもない。

真面目《まじめ》に練習に取り組む水希だったが――戸川が不意に発した一言によって、せっかくの集中を乱されてしまう。

「下野《しもの》君はさ」

「うん？」

「高瀬さんと、いつから仲良いの？」

「え？」

急に出てきた高瀬の名前に、水希は動揺を隠せない。

「いつからって……そもそも別に、仲良くなんか……」

「実はこっそり付き合ってたりして」

「はぁ⁉」

驚きのあまり、水希はなんでもないパスを後ろにそらしてしまった。

慌ててボールを拾い戻ってくると、怒りの感情と一緒くたに蹴り返す。

「そ、そんなわけないだろ！　バカなこと言うな！」

「あっはっは、ごめんごめん」

「なんなんだよ、急に……」

「新入部員はイジられる決まりなんだよ」

「いや、意味わからんし……。てか、まだ入部するって決めたわけじゃないから」

「で、実際のとこどうなの？」

「し、しつこいやつだな！」

文句を言いながらも、水希はなんだかんだ練習を楽しむ。

パス練習の次は、リフティングに挑戦。しかしこれが案外難しく、思ったようにボールをコントロールすることができない。

「蹴り上げるときは膝《ひざ》を伸ばしたほうがいいかな」

「膝を伸ばす――あっ」

戸川のアドバイス通りにするも、変に力んでしまい、ボールは見当違いの方向に飛んでいってしまった。

すぐ拾いに向かう水希だったが——ボールが転がっていった先に見知った人物の姿を見つけ、思わず立ち止まる。

「練習中ごめん」

そこにいたのは、藤本《ふじもと》だった。

拾い上げたボールをこちらに投げ返すのと同時、用件を告げてくる。

「下野君、ちょっと話いい？」

「……なに？」

「ここじゃあれだから。場所変えよ」

いつもよりワントーン低い声で言うと、藤本はさっと踵を返してしまった。

「………」

藤本が発する重々しい雰囲気から、話の趣向はなんとなく察しがついた。

正直気乗りはしなかったが、ここで逃げたとしても、問題を先送りにするだけなのは明らかだ。

「おーい、どうしたー？」

「……悪い。ちょっと抜ける」

そう断ってボールを投げ返すと、水希は藤本の背中を追いかけ、グラウンドを後にした。

「単刀直入に言うけどさ」

渡り廊下のフェンスに寄りかかった藤本は、前置き通りきっぱりと言った。

「菜央《なお》に謝って」

「…………」

なんのことだ、なんてはぐらかしても無駄だろう。

高瀬が昨日の一件を、藤本に相談したのは明らかだった。

「……藤本には関係ないだろ」

「関係あるよ。友達だもん」

有無を言わせず、藤本は言い募る。

「デカ女がそばにいたら恥ずかしいって、そう言ったんだよね」

「…………」

「ひどいじゃん。なんでそんなこと言うの？」

「それは……」

向こうが先に、という言い訳は、しかし先回りされてしまった。

「今朝丸さんが言ってたから？　自分より身長が低い男子はどうのこうのって」

「…………」

「あれは別に、下野君への悪口でもなんでもないじゃん」

水希とて、そんなことはわかっている。

今朝丸の発言は、ただの個人的な意見で、そこに自分を貶《おとし》める意図はない。だからこそ、こうして部活の勧誘にも乗ったのだ。

「菜央が同意したのだって、単にその場のノリに合わせただけで、深い意味なんて全然ないよ」

「…………」

それも、わかっている。

わかっているはずなのに、どうしてだろう。

高瀬に身長のことを言われてしまった――その事実だけは、どうしても素直に受け入れることができないのだ。

「……そんなの、わかんないだろ」

本音とは裏腹に、水希は反発する。

それ以外に、自分の気持ちを訴える手段が見つからなかった。

「高瀬だって本心じゃ、おれのことチビだってバカにしてるかも」

「そんなわけない」

即答で否定する藤本。

その勢いのまま、根拠を述べてみせる。

「もしそうだったら、菜央はいまでもサックス吹いてるよ」

「……どういう意味だよ」

「下野君さ、一年のときに吉木《よしき》さんと色々あったじゃん」

「っ……」

因縁の相手の名前を急に出され、水希は鼻白《はなじろ》む。

それでも精一杯強がって、話の続きを促した。

「……それが？」

すると藤本は、「……ほんとうはこんなこと言いたくないんだけど」とめずらしく言い淀みながら、

「吉木さんって男子の前じゃ隠してるけど、裏じゃ結構、口悪くてさ。下野君のことも、まぁ色々言ってたわけ。それこそ、身長のこととか」

「…………」

「本人は笑い話のつもりだったのかもだけど――菜央にしたら、聞き捨てならなかったんだろうね」

一呼吸置いて、藤本は言った。

「あの子、悪口やめなよって、吉木さんに食ってかかったの」

「高瀬が……?」

「わたし、びっくりしちゃった。だってあの子、人と言い争いするとか、絶対にできないタイプだと思ってたもん」

「………」

「それなのに、吉木さん相手に一歩も退《ひ》かなくてさ。それだけムカついたんだろうけど——本気で怒ったところ初めて見たから、ほんとうにびっくりしたよ」

徐々に話の輪郭が見えてきた。

水希は引き続き、藤本の話に耳を傾ける。

「ただ、問題はそのあと。——当時はふたりとも同じサックスパートだったんだけど、吉木さんのほうが上手《うま》くて、先輩にも気に入られてたから、パート内で菜央、立場なくしちゃって」

「……イジメられたのか?」

「イジメってほど露骨じゃないけど、練習からハブられたりはされてたみたい」

吹部ってパートごとで固まって練習すること多いから、と藤本は語る。

限定されたコミュニティ内で異分子扱いされることが、どれほど耐《た》え難《がた》いものか。水希には痛いほど共感できた。

「やっぱり根は気の弱い子だから、そんなの耐えられるわけないよね。もう無理、部活辞めるって、泣きながら相談されたよ」

「………」

「それでも吹奏楽、どうしても続けたいからって、いまはチューバに楽器変更して練習がんばってる」

「……だから――」

だから、動物園で吉木を始めとした吹奏楽部員と鉢合わせしそうになったとき、あれほど過剰に反応したのか。

「吹奏楽やってない人には理解しづらいことだけど、楽器を変えるのって、本人にとってすごい辛《つら》いことなんだ。花形のアルトから、あんまり人気ないチューバに移るんだから、なおさら抵抗あったと思う」

少し前、教室で聞いた高瀬の言葉が脳裏をよぎる。

『辞めたくなかったけど……色々あって』

藤本の言う通り、未経験者の自分では、ほんとうの意味での共感はできない。

それでも、自分の意思でこれと選び、努力を続けてきたことを諦《あきら》めざるを得なかった悔しさは、十二分に想像することができた。

「そうまでしてかばってくれた人が、自分のことバカにしてるって、ほんとうにそう思うの？」

「…………」

水希は反論できない。できるわけがなかった。

「作り話だと思うなら、他の吹部の子たちにも聞いてみなよ。みんな同じように言うと思うけど」

念を押すように言うと、藤本はフェンスから背を離した。そして、

「わたしからの話はこれで終わり。あとは自分で考えて」

最後にそう言い残し、すたすたと立ち去っていってしまった。

「……くそっ」

ひとり取り残された水希は、やり場のない気持ちを吐き捨てる。

「どうすりゃいいんだよ……」

呟きに対する答えは、当然どこからも返ってこない。

いや、答えそのものは、すでに自分のなかで出ていた。

あとは、それを選択し、実際に行動に移せるかどうか。

自らを駆り立てるなにかを、水希は自問し、確かめる必要があった。

第16話　自分なりの勇気

いつも親の陰に隠れ、なにごとにも尻込《しりご》みし、ささいなことですぐ泣く。

幼少のみぎり、水希《みずき》はとにかく気弱で、臆病この上ない子供だった。

それを物語るエピソードを挙げれば、枚挙にいとまがない。

例えば――外に出るのが大嫌いで、遊びといえば、もっぱら家のなかで姉とゲームやお絵かきに興じるばかり。

例えば――幼稚園に通い始めると、親と離ればなれになった不安に耐えきれず、脱走してまで家に帰ろうとするほど。

例えば――分団登校にどうしても馴染めず、小学校にはいつも少し遅れて、母親に手を引かれながらでしか登校できなかった。

いま思い返すと、なにがそこまで恐ろしかったのか、自分でも不思議でならない。

それでも当時の自分にとって、家や家族をのぞいた、自身を取り巻く環境の全《すべ》てが、どうしても怖くてしょうがなかったのだ。

しかし、ある出来事をきっかけにして、水希はその、病的とも言える恐怖心の克服に成功する。

小学三年生の頃だ。

ある日、家のなかで、水希は思わぬ光景を目撃した。

「いや！　もっと女の子っぽくなりたいの！」

母親の胸に顔を埋め、ぎゃんぎゃんと泣きわめく、姉の痛ましい姿。

話を聞けば、司《つかさ》はその男っぽい外見をたびたびクラスメイトの男子からイジられており、ずっと気に病んでいたというのだ。

嗚咽混じりに弱音を吐く姉の姿は、当時の水希にとって衝撃的なものだった。

自分と違い、いつも勝ち気で明るい性格の姉に、こんな繊細な一面があったなんて。

驚かされた――そして、それ以上に腹が立った。

血を分け合った家族を傷つけた、顔も名前も知らない相手に対して、水希は自分でも信じられないほど、憎悪の念を抱いたのだ。

その日、水希はベッドに入ってもなかなか寝つけなかった。姉を傷つけた憎き相手を目蓋《まぶた》の裏に思い浮かべては、なんどもなんども、想像上のパンチやキックで徹底的にこらしめた。

そうして昂った水希の感情は、日をまたいでも静まることなく、ついに現実の行動にまで影響を及ぼすことになる。

「ねぇねにあやまれ！」

当時六年生だった司の教室に乗り込むと、水希は教室にいた男子全員に向けてそう叫んだ。

上級生に立ち向かうのが、怖くなかったわけじゃない。むしろ、足が震えるほどに恐ろしかった。

その証拠に、司になだめられて教室を出た後、水希はその場でわんわんと泣きだしてしまったほどだ。

だが恐怖に見合った効果はあったようで、この『弟乱入事件』以降、司への外見イジりはなくなったらしい。

文句のつけようもない大手柄。しかし司からは、なぜか逆に文句を言われる結果になってしまった。

「なにしてくれてんのよ！　あんたのせいでめちゃくちゃ気ぃ遣われるようになっちゃったじゃない！　別にわたしがひとりで悩んでただけなのに……ああもう！　こっちのほうが恥ずかしいわ！」

散々な言われようだったが、それでも最後には、感謝の言葉をもらうことができた。

「まぁ、一応、……ありがとね。あんた、意外と勇気あるじゃん」

この褒め言葉をもらったときの興奮を、水希はいまでも忘れていない。

それまで与えてもらうばかりだった軟弱な少年は、このとき初めて、挑戦することでしか得られない達成感の味を知ったのだ。

成功体験を得たことで、水希は変わった。

変貌をとげた、と言ってもいい。

人と接することに恐怖心がなくなり、友達が増えた。

体を動かすことの楽しさに気づき、ミニバスを始めた。

そしてなにより、子供らしい一本気な正義感に目覚め、かつての司のように男子からちょっかいを出される女子が身近にいようものなら、率先して助けてやれるようにもなれた。

始まりは、単なる向こう見ずに過ぎなかっただろう。

しかしそれは、経験を積むごとに洗練されていき、やがて蛮勇《ばんゆう》から確固たる勇気として、水希のアイデンティティーとして根づいていったのだ。

水希本人も、そんな自分を誇らしく感じていた。

——だけど結局は、それも単なる思い込みだったのかもしれない。


あの頃の自分と比べて、いまの自分はどうだ。

女子に振られたことをいつまでも引きずり、大好きだったバスケからも背を向けて。

挙げ句の果てには、ささいなことで腹を立て、むやみに人を傷つける始末。情けないにもほどがあるじゃないか。

わかっている。

チビだから、なのが問題じゃない。

チビであることの不利を、受け入れられない心の弱さが問題なのだ。

そういう自分を、水希は恥ずかしく思う。

恥ずかしく思うからこそ、変わりたいとも思う。

だとしたら、自分はどうすればいい？

変わるために、必要なものはなんだ？

……いや、わざわざ自問するまでもない。

そんなもの、決まり切っている。

——〝勇気〟

かつて自分を駆り立てた勇気こそ、自分にいま、最も必要なものなのだ。
弱い自分をありのまま受け入れられる、そんなご立派な代物じゃなくていい。
せめていま、この瞬間だけでも、前に進ませてくれる勇気がほしい。
周りから見たら、バカバカしいことかもしれない。
大人になってから振り返るとき、とんだ笑い種《ぐさ》になるかもしれない。
それでも構わないと——胸を張れるほど勇ましくはなれないけど。
このままじゃダメだと、顔をうつむかせない程度の意地ならある。
だったら、きっと出せるはずだ。
向こう見ずだとしても、ハリボテだとしても。
自分なりの勇気を、きっと出せるはずだ。
自信があるわけじゃない。
コンプレックスも、克服できたわけじゃない。
ただ、それでも。
ささやかな決意を固めた瞬間、心を惑わせる目障りな霧は、いつのまにか晴れていた。

この時間まで学校に残っているのはいつぶりだろうか。

最終下校時刻が迫るなか、夕日に照らされてオレンジ色に染まる校舎を見上げながら、水希はついついそんな感慨にひたってしまう。

「……ふぅ」

体験入部とはいえ、久しぶりになる本格的な運動はそこそこにハードだった。

疲労感にため息をつく水希だが、そこには同時に爽快感もあって、体を動かすのは良いものだと改めて気づかされる。

インドアな趣味もいいが、自分はやはり、外でスポーツをしているほうが性に合っているらしい。

バスケ部に復帰しようか——そんな考えがよぎるものの、ほとんど逃げるように辞めてしまった手前、いまさらおめおめと戻ることはできない。

だとしたら、このままサッカー部で汗を流すのも悪くないかもしれない。まだ正式に入部を決めたわけではなかったが、水希の気持ちは前向きだった。

「………」

なんにせよ、まずは目の前の問題を解決しないことには始まらない。

校門脇《わき》の花壇をベンチ代わりに腰かける水希は、帰路につく生徒たちのなかに待ち人の姿を探す。

ほどなくして、目的の人物は姿を現した。

「……あ」

向こうも水希の存在に気づいたようだ。

どこか怯《おび》えたような表情で立ち止まる高瀬《たかせ》。その隣には藤本《ふじもと》の姿もある。

「あの……」

近寄って声をかける水希だが、藤本の目が気になり、口ぶりはどうしてもぎこちなくなってしまう。

幸い、なにを言わずとも、藤本は状況を察してくれたようだ。

「わたし、先に帰るね。また明日！」

「え、たまちゃん？」

待って、という高瀬の声を無視し、藤本はすたすたと帰っていってしまう。

ひとり取り残され、気まずそうな顔を作る高瀬に、水希は意を決して言った。

「その……。ちょっと話、あるんだけど」

「う、うん……。なに？」

「えっと……」

伝えようと思えば、すぐに終わる話だ。

しかしどうにも踏ん切りがつかず、話はどうしても遠回りになってしまう。

「……歩きながらでいいか」

水希がそう提案すると、高瀬はこくりと頷《うなず》いた。

そうしてふたりは、思えば初めてとなる、ふたりきりの下校路につく。

「………………」

ひとまず拒絶されなかったことに胸を撫で下ろす水希だったが、肝心の話を切り出すことができない。

そのうち、気を遣ったのか高瀬が先に口を開いた。

「下野《しもの》、サッカー部入ったの？」

「え？」

「だって、練習参加してたでしょ」

教室で練習してたら窓から見えたの、と説明する高瀬。

水希は正直に答える。

「あぁ……。体験入部、誘われて」

「体験入部か〜。どうだった？」

「割と楽しかった」

「お〜。よかったね」

わたしもやってみよ。そう言うと高瀬は、歩きながら小石を蹴《け》りだした。

「ほっ、ほっ——あっ！」

しかし相変わらずの運動音痴ぶりを発揮して、すぐに小石を側溝に落としてしまう。

「むー。もう一回！」

「……石蹴りとか、小学生かよ」

「下野もやろうよ」

「いやだ。恥ずかしい」

「いいじゃん、やろ。交互に蹴るルールね」

結局、強制的に参加させられてしまった。

「ていっ！」

「どこ蹴ってんだよ」

「ごめ〜ん！」

「ったく……」

植え込みに転がっていった小石を拾いにいきながら、水希はふと考える。

かまいたがりの高瀬と、かまわれる自分。

いつも通り、これまで通りの関係だ。

この調子なら、話を切り出す必要も——先日の一件を謝る必要もないのではないか。

全部、なにもかも、うやむやにしてしまえば——

「…………」

隙を見せれば顔を出してくる、逃げ腰な自分。

そんな自分が情けなくて、水希は心のなかで己《おのれ》を叱りつける。

そうじゃない、そうじゃないだろう。

そんな曖昧な決着は、丸く収まっているようで、その実一番大事な部分が欠けた、歪《いびつ》な丸だ。

たとえ高瀬が自分を許したとしても、自分だけはそんな自分自身を、絶対に許してはいけない。

傷つける以上に、失わせてしまったのだから。

そこに報いることができなければ、自分は恩知らず以下の、どうしようもない卑怯《ひきょう》者だ。

「……高瀬」

「なに？」

「ちょっと、座ってもいいか」

そう言って水希は、近くにある児童公園を指差す。

「え。……いい、けど」

なにか察したのだろう、高瀬は顔色に緊張を浮かばせる。

そうして児童公園に立ち寄った水希は、高瀬をベンチに座らせると、自分はその隣に座った。

「……あのさ」

「うん」

「……昨日の、ことなんだけど……」

「うん……」

「…………」

ここまで来て、いまさら臆してどうする。

つまらない意地を張るな。

恥なんて捨てて素直になれ。

間に合わせでも、ハリボテでも、なんでもいい。

勇気を、出せ。

そう強く自分に言い聞かせると、水希は、心のなかにある気持ちをそのまま言葉に変えた。

「昨日は、ひどいこと言って、ごめん」

そう口にした瞬間、水希は泣きそうになってしまった。

どういう感情なのか、自分でもよくわからない。

安堵《あんど》したようにも、情けないようにも、昂ぶっているようにも感じられる。

それでも込み上げてくる気持ちだけは確かで、気を抜いたらいまにも涙をこぼしてしまいそうだった。

「ううん！　わたしのほうこそ！」

高瀬もまた、いまにも泣きだしそうな震える声で言う。

「わたしのほうこそ、ごめんね。陰でこそこそ言うなんて、最低だよね」

「いや……高瀬は悪くないよ」

悪いのは、神経質に反応してしまった自分のほう。

水希はそう訴えるが、高瀬はなおも謝罪の言葉を重ねてくる。

「ほんとうにごめんね」

「いや……」

「でもね、本心で言ったんじゃないの。ただ――」

言葉に詰まる高瀬。

その顔が、みるみる紅潮していく。

「――ただ、あそこで反対のこと言ったら、その……変な風に思われるんじゃないかって……」

「変な風？」

「…………」

意味を尋ねるも、高瀬から明確な返答はやってこない。

――いや。

目を伏せて、顔を耳まで真っ赤《まか》にしたその表情が、なによりも雄弁な返答だった。

「変な風って――」

そこで水希は、ふと思い出す。

あのとき高瀬は、どんな言葉に対してリアクションしたんだった？

今朝丸《けさまる》の明朗な声音が、脳裏に蘇《よみがえ》る。

『やっぱり彼氏にするならさ――』

「……あっ」

なにか言わなくちゃ。

そう気持ちは焦《あせ》るのに、水希の口からはなにも言葉が出てこない。

「…………」

「…………」

どうにもむず痒《がゆ》い空気がふたりの間に充満し、時間だけがただただ過ぎていく。

そんな状況を打ち破ったのは、高瀬が発した忍び笑いだった。

「……ふ、ふふ」

「な、なに笑ってんだよ……」

「だって、お互いに、なにも喋《しゃべ》らないんだもん」

いよいよ堪《こら》えきれなくなった様子で、高瀬は口を開けて「あははっ」と笑いだした。

「なんだかおかしくなっちゃって。ごめん」

「……笑いのツボがわからん」

と言いつつも、釣られて笑いそうになるのを堪えながら、水希は仏頂面でクールを装う。

やがて、ひとしきり笑った高瀬が言った。

「ごめん、そろそろ帰らないと。あんまり遅くなったら、お母さんに怒られちゃう」

わかった――と答えかけたところで、水希ははっと思い出す。

まだ自分には、言わなくちゃいけないことが残っているじゃないか。

「……悪い。あと少しだけ、いいか」

「うん？」

「もうひとつ、謝らなきゃいけないことがある」

一度素直になれてしまえば、二度目は思いのほか抵抗がなかった。

先ほどと打って変わって、水希ははっきりと自分の気持ちを伝えてみせる。

「藤本から、部活での話聞いた。おれのせいで、楽器変えることになったたって」

「え……」

「それも、ごめん。迷惑かけた」

「……し、下野が謝ることないよっ」

「でも……」

「わたしが、勝手にやったことだし……」

「そっか……」

「うん……」

「その……」

「うん」

「…………」

勇気さえあれば、躊躇《ためら》う気持ちも助走に変わる。

水希は、言った。

「……かばってくれて、ありがと」

「……うん」

話し込んでいるうちに、すっかり日も傾いてしまった。

「帰るか」

「そうだね。――隣、並んで歩いてもいい?」

「……わざわざ確認しなくていい」

「えへへ、そっか。そうだよね」

歩み寄りの姿勢を見せる水希に、高瀬は上機嫌な様子だ。

その勢い余って、訳もなく体をぶつけてくる。

「ど~ん!」

「な、なんだよ……」

「並んでもいいんでしょ?」

「……だからってぶつかってくるな」

身長差以前に、異性から過剰に近寄られることが問題なのだ。

前よりも近づいてしまった距離感に戸惑う水希をよそに、高瀬は遠慮なく話しかけてくる。

「そういえば、たまちゃんからいつ話聞いたの?」

「さっき。練習中に呼び出されて」

「そっか〜。……言わないでって約束してたのに、勝手に話すんだから」

どうやら部活での一件は口止めしていたらしい。

改めて水希は、いらぬ迷惑をかけてしまったことを謝罪する。

「ごめん。関係ないのに、巻き込んじゃって」

「いいってば〜。謝らないで〜」

「でも……。楽器変えるの、イヤだったんだろ」

「それはそうだけど……」

でもね、と高瀬は、努めて明るく言ってみせる。

「悪いことばかりじゃなかったんだよ」

「……そうなのか？」

「うん。──あれからね、わたし変われたんだ」

どういう意味だろう？　水希は静かに耳を傾ける。

「わたし、それまでは自分の意見とか、全然言えないタイプだったの。不満とかあっても、いつも胸のなかにしまって、ずっと我慢ばかりしてて」

「…………」

「でもね、吉木《よしき》さんとケンカになったとき、初めて自分の気持ちを正直にぶつけることができて……ちょっとだけ自分に、自信が持てたんだ」

「……うん」

「だから、こんな風に話せてるのも、そのおかげかも。——そうじゃなかったら、自分から男子に話しかけるとか、絶対に無理だったもん」

「……そっか」

孤立した自分にやたらと声をかけてくるようになったのも、もしかしたらそれがきっかけだったのかもしれない。

単なる同情心だけではなく、高瀬の行動には、高瀬なりの葛藤や成長があったのだ。

そんな姿が純粋に尊敬できて、水希は自然と、高瀬を褒める言葉を口にしていた。

「けど、驚いた。高瀬って、案外正義感強いんだな」

「え〜、全然そんなことないよ」

「そんなことあるだろ。じゃなかったら、他人のことでそこまでできないって」

手放しで褒めるものの、高瀬は頭を振って否定するばかりだ。

謙遜している——わけではなく。どうやらそこには、それなりの理由があるようだった。

「違うの。……わたしはただ、同じことをしただけ」

「同じこと？」

「覚えてない？」

「？」

「小三のときのこと〜」

「……ごめん」

まったく思い当たる節がない。

降参する水希に、高瀬は困ったように微笑んでみせると、訳を説明しだした。

「わたし、昔っから体が大きくて。身長もそうだけど……その、胸とかも、小学校に入ってすぐくらいに膨らんできちゃったんだ」

急に出てきた性的なワードに、水希はぎょっとしてしまう。

「ご、ごめん！　急に変なこと言って」

「い、いや……」

「でも、やらしい話じゃないの。聞いて？」

水希がこっくり頷くと、高瀬は話を再開させた。

「だから、小三のときにはもう、ブラつけるようになったんだけど。——その頃はまだ、つけてない子がほとんどだったし、そうじゃない子がいても、胸二重のキャミとかだったから、すごい恥ずかしかった」

「………」

「女の子からは、大人っぽいねって、羨《うらや》ましがられたりしたけど……男の子にしたらそういう子って、からかうのに格好の的でしょ？」

「……そうだな」

「わたしもそのせいで、よく男子にからかわれちゃって。……なにも言い返せなかったけど、ほんとうはめちゃくちゃ恥ずかしくて、泣きそうになるくらい嫌だった」

「……男子は精神年齢低いから。小学生の頃なんて、みんなバカだ」

「ふふ。……でもね、なかには味方になってくれる子もいたんだよ」

高瀬から注《そそ》がれる、もの言いたげな視線。

話の流れからしても、誰《だれ》のことを言っているのかは察しがついた。

「……おれ？」

高瀬がにっこりと笑みを浮かべる。どうやらその通りだったらしい。

「そういうのやめろよって、イジワルな男子たちを怒ってくれたんだよ。覚えてない？」

「……そんなことあったっけ」

言われてみれば、あったような、なかったような。どうしてもはっきりとは思い出せない。

ただ当時の自分が、司の一件に触発されて、女子をからかう幼稚な男子を注意していたのは確かだ。

そのときに高瀬をかばっていたとしても、なんら不思議ではなかった。

「だからわたし、吉木さんが下野のこと悪く言ってるの、許せなかった。……下野はわたしの恩人だもん」

「……大げさだな」

「大げさなんかじゃないよ」

　はっきりと、でも少しだけ照れくさそうに、高瀬は言う。

「あのとき、味方になってくれて、すごくうれしかった」

「…………」

「いまさらかもだけど……ありがとう」

「……いや……うん」

　うれしいような、恥ずかしいような、どちらにしても落ち着かない気分に、水希はろくな返事を返せない。

「――あ、そうだ」

　だが、そんな水希をさらに困らせる一言を、高瀬が口にするのだ。

「ひとつ聞いてもいい？」

「なに？」

「……吉木さんのこと、まだ好きだったりする？」

「はぁ!?」

　突然すぎる質問に、水希は激しく動揺してしまった。

「そ、そんなわけないだろ……振られたんだから……」

「ふぅ〜ん。そっかそっか」

「な、なんだよ……」

「別に。聞いただけ」

意味深とも、そうじゃないとも受け取れる、高瀬の曖昧な態度。

そこにはどういう意味が、どういう意図が隠されているのだろう。

やきもきしても答えは出ないので、ひとまずここは無心になり、水希はひたすら足を動かす。

やがて分かれ道に差しかかったところで、ふたりは別れの挨拶《あいさつ》を交わした。

「それじゃ、また明日」

「うん」

「あ、やっぱり待って」

「なに？」

勢い良く手を差し出すと同時、高瀬がとんでもない要求をしてくる。

「最後に仲直りの握手しよ！」

「はぁ？　や、やだよ……」

公衆の面前で異性と手をつなぐなんて、思春期真っ只中の男子中学生には無理のある注文だ。

当然断る水希だったが、高瀬はまるで駄々っ子のような強引《ごういん》さで迫ってくる。

「いいでしょ。ほら」

「やだって……」

「ダメ！　するの～」

「わ、わかったよ……」

結局押し切られてしまった水希は、嫌々ながら手を差し伸べた。

「ぎゅっ！」

「………」

ここのところすっかり骨張ってきた自分のそれとはまるで違う、柔らかな高瀬の手の感触。

すべすべとしたなかに、一部分だけ感じられる硬い感触は、楽器の練習でできたタコだろうか。

「下野、手、結構おっきいね」

「そ、そうか？」

「そうだよ。バスケやってたからかな？　ほら」

握っていた手を離すと、高瀬が手の平をこちらに見せてくる。

意図を察した水希は、そこに自分の手を重ねた。

「一緒ぐらいだ」

「ね」

ぴったりと重なり合う、ふたりの手の平。

それがなんとなくおかしくて、水希は笑い混じりに呟いていた。

「身長差あっても、意外と手の大きさは変わらないもんだな」

「……なんかそれ、ちょっと素敵かも」

「なんで？」

「だって――」

返答は、しかし、そこでお預けにされてしまう。

「やっぱりいまのなし～」

「なんだよ、気になるだろ」

「自分で考えて！」

話を中途半端《ちゅうとはんぱ》に終わらせると、高瀬はぱっと手を離し、軽《かろ》やかに身をひるがえした。

「ばいばい！」

無邪気な笑顔が、手を振りながら遠ざかっていく。

水希はその姿を見送りながら、高瀬が言わんとしていたことを考えてみた。

「…………はぁ」

だが、手に残る柔らかな感触のほうばかりに気がいってしまい、とてもじゃないが答えを導けそうにない。

俗っぽいかもしれないが――いまはきっと、これでいいんだろう。

言葉にして確かめるよりも先に、育まなければいけない色々がある。
思春期というのは、きっとそのために用意された時間なのだから。

エピローグ

「なにあんた、今日はえらく早いわね」

登校前、玄関でくつひもを結び直していた水希《みずき》は、そんな言葉を背中で聞いた。わざわざ確かめるまでもなく、声の主《あるじ》は姉の司《つかさ》だとわかる。上がり框《かまち》に腰かけたまま、水希は答えた。

「なんか目が覚めて」

「ふぅん——くぁ……」

あくび混じりに相づちを打った司が、急に話を変えてくる。

「そういや、どうなったの？　あれから」

「なに？」

「悪口言っちゃった子。仲直りできた？」

「………」

話したくなかったが、そもそも自分から相談した手前、はぐらかすわけにもいかない。

水希はぼそっと、それでも正直に答えた。

「……一応」

「そう。よかったじゃん」

「……うん」

茶化す気配のない司の言葉に、水希の態度もいくらか軟らかくなる。

だが、その瞬間を見計らったかのように、司が言うのだ。

「付き合うことになったら、ちゃんと報告しなさいよね」

「はぁ⁉　そ、そんなんじゃないし！」

声を荒らげて反論するも、司はどこ吹く風。「けっけっけっ」と意地悪く笑いながら、家の奥に引っ込んでいってしまう。

「くそっ……」

やっぱり姉なんかに相談するんじゃなかった。

後悔に顔をしかめる水希は、それでも気持ちを入れ替えて家を出た。

時刻はまだ八時前。心なしか、人も車も普段より交通量が少なく感じられる。

そのおかげだろうか、通い慣れた通学路を歩くのも、今日はやけに開放的で気分が良い。

めずらしく伸び伸びとした気持ちで学校へ向かうが——その途中、前方にふと気になる人影を見つけて、水希は少し歩幅を緩めた。

遠目でもひときわ目立つ、女子にしたらかなり背の高い制服姿。

見間違いようがない、高瀬《たかせ》だ。

「…………」

これまでも何度か、通学中に高瀬の姿を見かけることはあった。

その度に水希は、変にかまわれないよう、不用意な接触を避けてきたのだが――

今日は。

いや、これからは違った。

タイミング良く交差点の信号が赤に変わり、立ち止まった高瀬に、水希は早足で近づいていく。

「お――」

お～い、と声をかけようとした、その直前。

同じく信号が変わるのを待っていた、小学校低学年と思われる女の子が、高瀬を見上げながら先んじた。

「おっきい～」

高瀬の高身長ぶりに、女の子は驚いている様子だ。

それに続くかたちで、集団登校中なのだろう、周りにいた小学生たちも騒ぎだす。

「でっけ～」

「なんでこんなにおっきいんだろ～？」

するとそのなかのひとり、活発そうな男の子が大声で言った。

「はっしゃくさまだ、はっしゃくさま！」

「なにそれ～？」

「しらねえの？　妖怪だよ！」

「妖怪⁉」

「めちゃくちゃおっきい女の妖怪で、ぽぽぽって笑いながら、子供をつれていっちゃうんだぜ！」

八尺様なんてよく知っているな、と水希は感心してしまう。少し前にＳＮＳで話題になっていたので、そこから知ったのかもしれない。かく言う水希もその口だった。

「え～！　こわ～い！」

女の子の黄色い声が通学路に響く。本気で怖がっているわけではなく、怪談を楽しんでいる様子だ。

なんにしても、朝っぱら妖怪扱いされるなんて、とても気持ちの良い話じゃない。

高瀬もさぞ迷惑に感じているだろう――と、思いきや。

「ぽぽぽ」

なんと、小学生たちの話に乗っかり、自ら八尺様を演じだした。

「きゃ～！」

大喜びではしゃぎだす小学生たち。

大ウケして興が乗ったのか、高瀬もノリノリで、捕まえる振りまでしてみせる。

「ぽぽぽ〜」

「つかまったらのろわれるぞ！」

「にげろ〜！」

そこで丁度、信号が青に変わり、小学生たちは我先に駆けだした。

「走っちゃ危ないぽ〜」

すでに水希はすぐ後ろまで来ていたが、高瀬は一向に気づかない。

仕方なく声をかけると、思った以上に驚かれた。

「楽しそうだな」

「わっ！　……び、びっくりした〜」

ビクッと、大きい体を縮こまらせる高瀬。

動揺しながらも、挨拶《あいさつ》だけはきちんとしてくる。

「お、おはよう」

「っはよ」

「……見てたの？」

ばつが悪そうに尋ねてくる高瀬に、水希はついつい悪戯心を覚えてしまう。

「変わった笑いかたしてるんだな」

「う……」

「語尾にまで『ぽ』ってつけるのは意外だった」

「も～！　忘れて～！」

顔を赤くして、高瀬が肩をぽこぽこと叩《たた》いてくる。

そうこうしている間に信号が点滅し始め、ふたりは揃《そろ》って歩きだした。

そのまま自然と肩を並べ、何気なしに会話を始める。

「朝、いつもこれぐらいの時間なのか？」

「うん。朝練あるときはもうちょっと早いけど」

「吹奏楽部も結構ハードなんだな」

「めちゃくちゃハードだよ～、もうヘトヘト～」

「その割には、小学生と遊んでやる余裕はあるみたいだけど？」

「だから忘れてってば～！」

くだらない雑談が、なんだか無性に楽しく思える。

それだからか、水希の口も自然と滑らかになっていた。

「もしかしたらおれも、これから早い時間に登校するようになるかも」

「そうなの？」

「うん。――サッカー部、入ろうと思ってさ」

「初心者だけど、やるからにはレギュラー狙《ねら》いたいし。だったら朝練ぐらいやらないとな」

「お～！」

「えらい！」

褒め言葉と一緒に、ぱちぱちと拍手までされてしまう。

さすがに恥ずかしく、照れ隠しに顔をうつむかせていると、なにやら感慨深げな呟きが聞こえてきた。

「へへ、なんかうれしいな」

「なんで？」

「だって、また下野《しもの》がスポーツしてるとこ見れるんだもん。うれしいよ」

また、と言うからには、以前も見ていた経験があるのだろう。

気になった水希は、何の気なしに聞いていた。

「またって……前はいつ見てたんだよ」

「小学生の頃！　バスケの練習、ちょくちょく見にいってたんだ～」

そういえば、当時はよくミニバスの練習中に、見学をしている女子の姿を体育館の隅に見かけたものだ。

ただ見学といっても、その目的はお目当ての男子に声援を送ることが大半で、ほとんど観客のようなものだった。

高瀬は、どうだったんだろうか。

なにを――誰《だれ》を目的に、体育館まで足を運んでいたんだろうか。

「…………」

気になっても、尋ねる勇気が湧かない水希は、悶々として黙り込んでしまう。

「あ、それなら」

と、そんな水希を気遣ったわけでもないだろうが、高瀬が話を変えてきた。

「これから登校時間、かぶるかもだね」

「そうだな」

「…………」

自分から話題を提供しておきながら、高瀬はそこで急に口を閉じてしまう。

にこにことした物言わぬ笑顔が、いったいなにを期待しているのか。さしもの水希にも察しがついた。

「……まぁ、今日みたいに、偶然会うこともあるだろうし……」

「うん」

「……そういうときは……」

「そういうときは？」

「…………」

「そういうときは～？」

「……一緒に登校、すればいいんじゃね」

「そうだねっ、そうしよ！」

満足できる答えだったのか、高瀬は笑顔を深めると、また一歩距離を詰めてくる。

そうすると、なおさら際立《きわだ》ってしまう身長差に、水希のコンプレックスはますます強まるいっぽうだ。

それでも水希は、早足になるでも、立ち止まるでもなく、あくまでも一定のペースで通学路をたどっていく。

その心境は、決して我慢や諦《あきら》めの類いじゃない。

水希なりの、ささやかな決意だった。

「あ、良い感じの石みっけ！」

「また石蹴《け》りする気かよ……」

どうにもならないことは、現実のなかに確かにある。

これから先、背丈が伸びる望みを捨てたわけじゃないけれど、自分と高瀬の身長差は、きっとそういう種類の、変えようがない現実なんだろう。

だけどこの差は、たとえどうにもならない現実だとしても、決して悲観するばかりのものじゃないはずだ。

〝違い〟は、〝隔たり〟と、イコールなんかじゃない。

体の大きさが違っても、手の大きさだけは変わらなかったように。届かなくても、合わせることのできる部分は、確かにあるのだから。

そういうところをひとつでも多く見つけていくために、まず歩幅から合わせていくのは、遠回りだとしても、きっと間違ったやりかたなんかじゃなかった。

あとがき

初めまして、もしくはお久しぶりです、神田暁一郎《かんだぎょういちろう》でございます。

新シリーズ『見上げるには近すぎる、離れてくれない高瀬《たかせ》さん』、お楽しみいただけたでしょうか?

ライトノベルでは意外と少ない、中学校を舞台にした青春ラブコメである本作ですが、作者的には青春一歩手前の、水色な思春期を意識して執筆に当たってみた次第です。

青春と思春期。両者にどう違いがあるのかと聞かれたら……正直、うまく説明できる自信がありません。

イメージ的には、青春は「キラキラ」したもので、思春期は「もやもや」したもの、という感じでしょうか。

劇中において「言葉にして確かめるよりも先に、育《はぐく》まなければいけない色々がある」と、思春期について言及している部分がありますが、いまのところこれが一番しっくりくる解釈かもしれません。

ともあれ、内容的にはド直球のラブコメですので、細かいことは気にせずお読みいただくのが一番いいかもです。

些細《ささい》なことにも思い悩み、躓《つまず》きながらも成長していくキャラクターたちの姿、ぜひぜひこれからも見守ってあげてくださいね。

それでは以下、謝辞でございます。

担当編集の中村氏始め、GA文庫編集部の皆さん。

イラストを担当してくださった、たけの このよう。先生。

その他にも、本作品の制作に携わっていただいた関係者各位。

今回改めて、小説はひとりで書けても、作品はひとりじゃ作れないなと実感することができました。有形無形のお力添えをいただき、誠にありがとうございました。

そしてなにより、本書をお手に取ってくださった読者の方々へ、最大級の感謝を。

それではまた、次巻でお会いできることを祈って。

二〇二二年八月初旬

神田暁一郎

ファンレター、作品の
ご感想をお待ちしています

〈あて先〉

〒106－0032
東京都港区六本木2－4－5
SBクリエイティブ（株）
GA文庫編集部 気付

「神田暁一郎先生」係
「たけの このよう。先生」係

本書に関するご意見・ご感想は
右のQRコードよりお寄せください。

※アクセスの際や登録時に発生する通信費等はご負担ください。

https://ga.sbcr.jp/

見上げるには近すぎる、離れてくれない高瀬さん

発　行　　2022年9月30日　初版第一刷発行
著　者　　神田暁一郎
発行人　　小川　淳

発行所　　SBクリエイティブ株式会社
〒106-0032
東京都港区六本木2-4-5
電話　03-5549-1201
　　　03-5549-1167(編集)

装　丁　　AFTERGLOW

印刷・製本　中央精版印刷株式会社

ISBN978-4-8156-1630-4
Printed in Japan　　GA文庫

試読版は
こちら!